칵테일, 러브, 좀비

조예은 단편집

칵테일, 러브, 좀비

Cocktail、Love、Zombie

목차

초대 7

습지의 사랑 51

칼, 테일, 러브, 좀비 89

오버랩 나이프, 나이프 133

작가의 말 193
초판 작가의 말 197
프로듀서의 말 199

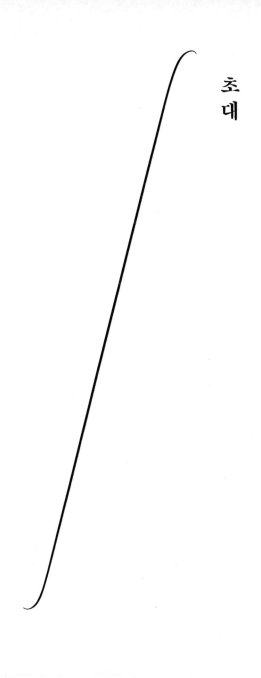

초
대

1

내 목에는 17년째 가시가 걸려 있다. 모두가 그럴리 없다 하지만 나에게는 느껴진다. 하얗고 긴 가시. 그것은 기도로 넘어가기 직전의 통로에 단단히 박혀 있다.

열세 살 때였다. 우리 가족은 해안가에 위치한 소도시에 살았다. 근처에 사는 이모는 수산물 시장에서 물횟집을 했는데, 뱃일을 하는 사람들이 한 끼를 때우기 위해 종종 찾는 곳이었다. 주말이면 우리 가족은 자주 이모의 가게에 모여 식사를 했다.

밤이 되면 음울해지는 시장의 서늘한 공기와 묵은 비린내, 검다 못해 우주처럼 느껴지는 바다를 지금도 기억한다. 어항에 가까운 작은 수족관에는 그날 팔고 남은 해산물들이 아직 살아 헤엄치고 있었는데, 그들은 꼭 제 죽음을 알고 있기라도 한 것처럼 무기력해 보였다.

이모는 칼을 아주 잘 썼다. 스무 살이 되기 전부터 회 써는 법을 배웠다고 했다. 그래서인지 이모의 모든 행동에는 거리낌이 없었다. 짧은 잠자리채 같은 도구로 생선을 건져 올리고, 쉽게 다듬기 위해 패대기쳐 기절시키고, 목에 칼을 박는 일련의 과정은 아주 자연스럽게 느껴졌다. 가끔 목이 잘린 후에도 펄떡이는 것들이 있었는데, 내가 기겁하면 이모는 호쾌하게 웃으며 이런 게 싱싱한 거라고 말하곤 했다.

수산물값이 대폭 떨어졌다는 뉴스가 나온 날이었다. 횟집의 구석에 놓인 뚱뚱한 텔레비전에서 그 뉴스를 보았다. 이모부가 한숨을 내쉬며 소주를 들이켰고, 엄마와 아빠도 혀를 차며 매운탕 국물로 목을 적셨다. 습하고 무거운 공기가 천막 안을 부유했다.

내가 먹을 수 있는 건 기본 찬으로 나오는 콘치즈와 소시지 정도였다. 좀 전까지 살아서 펄떡이던 것을 입으로 가져가기에, 나는 비위가 약했다. 먹을 만한 게 없는 식사는 지루하기만 했고, 어른들은 다들 분홍색

소시지처럼 붉게 달아올라 알아들을 수 없는 소리를 중얼거렸다. 나는 포크로 애꿎은 소시지를 괴롭히며 시간을 때웠다. 그때, 이모부가 회 한 점을 입으로 밀어 넣으며 물었다.

"채원이는 회 아직 못 먹나?"

엄마가 답했다.

"안 먹더라고. 낯설어서 그런가."

"먹어 볼래, 채원아?"

나는 고개를 저었다. 이모부가 히죽 웃더니 회를 질겅질겅 씹었다.

"이 맛있는 걸 왜 안 먹을까."

"한 점만 먹어 보자, 채원아."

이번에는 아빠였다. 나는 굳게 입을 다물고 고개를 저었다. 아빠는 짐짓 화가 난 듯한 목소리로, 쓰읍, 하고 말 안 듣는 아이를 혼낼 때나 하는 소리를 내더니 작은 회 한 점을 집어 내 앞으로 들이밀었다.

"어른이 주는 건 먹어야지."

엄마가 옆에서 거들었다.

"이거 엄청 비싼 거다. 나중에는 없어서 못 먹을걸?"

이모가 내 어깨를 붙잡으며 말했다.

"딱 한 입만 먹어 보자 채원아. 이모부가 힘들게 저 바다에서 잡아 온 거야."

나는 고개를 저었다. 허나 아이들의 거부는 쉽게 무시당하기 마련이고, 어른들은 그런 내가 귀엽다는 듯이 웃으며 살점을 흔들었다. 투명하고 흰 살은 거대한 애벌레 같아 보였다. 난 울고 싶었다. 눈물을 글썽거리자 엄마가 한숨을 쉬며 소주잔을 기울였다.

"누굴 닮아서 저렇게 눈물이 많은지."

코앞에서는 여전히 투명한 살점이 흔들렸다. 이모가 예쁜 우리 조카, 하고 말하며 내 입술에 살점을 가져다 댔다. 차갑고 축축한 감촉이 닿았다.

엄마와 아빠가 그걸 보고 어, 먹는다 먹는다 하고 외쳤다. 순간 나는 두려워졌다. 먹기 싫은데 먹지 않으면 안 될 것 같았다. 결국 눈을 질끈 감고 살점을 씹었다. 질기기만 하고 아무 맛도 느껴지지 않았다. 씹어도 씹어도 잘리지 않아 구역질이 났다. 그러다 어느 순간 오도독, 하고 딱딱한 것이 씹혔다. 엄마는 내가 살점을 뱉으려는 줄 알았는지 삼켜, 삼켜야 해, 하고 혼내듯이 말했다. 나는 눈물을 뚝뚝 흘리면서 살점을 삼켰다.

그때, 목에 뭔가 걸리는 느낌이 났다.

"채원이 장하다. 회도 먹고."

어른들은 내가 장하다며 깔깔 웃었다. 그리고 다시 평소와 같은 술자리로 돌아갔다. 나는 연신 콜록콜록 기침을 해 댔다. 살점은 내 식도를 넘어갔지만, 목구멍에는 이물감이 남았다.

✠

밤새 기침을 계속하는 나를 엄마는 병원에 데려갔다. 전날 회를 먹었다는 말에 동네 이비인후과 의사는 내 목 여기저기를 눌러 보더니 말했다.

"생선 가시가 걸렸나 봅니다. 아 해 볼까, 채원아?"

나는 얌전히 입을 벌렸다. 빨리 이 거슬리는 감각에서 벗어나고 싶었다. 내 입안으로 플래시를 비춰 본 의사가 미간을 찌푸리며 말했다.

"안 보이네. 깊이 들어갔나."

엄마가 물었다.

"깊이 들어가면 어떻게 해요?"

"요새는 기계로 빼냅니다. 다시 아, 해 보자."

13

의사는 내 혀에 마른 휴지 같은 걸 올리더니, 기다랗고 까만 호스를 꺼냈다. 간호사가 이모네 횟집에 있던 것 같은 뚱뚱하고 작은 텔레비전을 내 앞에 가져왔다. 의사가 말했다.

"이제부터 채원이 안을 들여다볼 거야. 힘들어도 좀만 참으렴."

검은 호스는 그대로 내 목구멍에 들어왔다. 화면 안에서 생선의 내장 같은 살들이 꿀렁이며 움직였다. 나는 겁에 질려서 움츠러들었다. 의사는 화면과 내 입을 번갈아 보고는, 이상하다는 듯이 말했다.

"원래 이쯤에서 보여야 하거든요. 그런데 안 보이네요."

"그럼 가시가 어디로 갔을까요?"

나는 여전히 입을 벌린 채, 화면을 보고 있었다. 난생처음 들여다본 내 속은 징그럽고 끔찍했다. 나라는 사람의 속이 아니라, 어떤 영화에서 보았던 외계 괴물의 내부 같았다. 구역질이 나올 것 같아 눈을 감았다. 의사가 천천히 목구멍에서 카메라를 빼내자 화면이 까맣게 가라앉았다.

"아마 가시가 목구멍을 긁고 내려간 거 같아요. 계속 아프다고 하면 나중에 큰 병원 가서 가슴 사진 한 번 찍어 보세요. 하지만 아마 곧 나을 겁니다."

그렇게 병원에서 나왔다. 엄마는 내가 꾀병을 부린다며 약 올렸다. 나는 좀 억울했지만 참았다. 언젠가 가시 때문에 응급실에 실려 가는 나를 보고 후회할 엄마를 생각하면 좀 통쾌했기 때문이다.

이후로도 없어지지 않는 이물감에 몇 번이나 병원을 갔다. 대형 병원에서 엑스레이 사진을 찍어 보기도 했고, 몇 번이나 목구멍에 카메라를 넣어서 안쪽을 관찰했다. 가시는 없었다. 모든 의사들이 가시는 없다고 했다. 그런 일이 반복되자 나중에는 엄마도 내 말을 믿지 않았다. 고등학생 때는 담임에게 꾀병을 부린다고 몇 번이나 혼났다. 그럴 때마다 가시는 크기를 키워서 내 살을 후벼 팠다.

살던 동네와 가까운 대도시의 대학에 들어갔다. 전공은 조소였는데, 다른 무엇보다 손에 쥘 수 있는 날카로운 도구들이 마음에 들었다. 그 도구들의 뾰족한 끝을 보고 있자면 세상의 모든 것들을 부드럽게 가를 수 있을 것 같은 기분이 들었다. 그건 한 치의 흠집도 없이 놓인 푸딩이나, 고운 두부를 마구 뭉개고 싶어지는 충동과 닮았다. 가끔은 그것으로 내 턱 끝에서 쇄골까지를 주욱 갈라 버리고 싶기도 했다. 갈라져 벌어진 양쪽 살을 당기면 그 안에서, 날 7년 동안 괴롭힌 가시가 툭 떨어지고야 말 것 같았다. 물론, 어디까지나 망상이었다.

2

"와, 진짜 똑같아요."

여자가 공방 구석에 놓인 정현의 두상과 그 옆에 붙은 사진을 보며 말했다. 나는 씁쓸히 웃으며 여자를 작업대로 안내했다. 반지 만들기 클래스가 있는 날이었다. 나는 선배의 작업실을 함께 쓰는 대가로 수업 한 타임을 담당했는데, 대부분의 참가자들이 연인이었다. 그 사이에 홀로 참가한 하얀 얼굴의 여자는 확실히 눈에 띄었다.

그녀는 하나로 질끈 묶은 머리를 왼쪽으로 늘어뜨리고 있었고 무난한 원피스를 입었다. 전체적으로 인상이 흐릿한 여자였다. 하나 눈에 띄는 점이라면 귓불에 점이 있다는 것 정도. 멀리서 보면 꼭 구멍처럼 보일 정도로 선명한 점이었다.

"너무 힘을 주면 오히려 정이 엇나가요. 이렇게 대고, 망치를 두드려서 원하는 무늬를 낼 수 있어요."

내 설명에 여자는 말없이 고개를 끄덕였다. 내내 묵묵히 수업에 임하던 여자가 다시 말을 건 것은, 쉬는 시간을 가지기로 하고 얼마 지나지 않아서였다.

"누구예요?"

조용히 다가온 여자가 두상을 가리키며 물었다.

"그냥, 아는 사람요."

"정말 비슷해요. 특히 이 보조개나 눈가의 주름 같은 게…"

여자가 손끝으로 두상을 훑으며 말했다. 그러고는 재밌는 일이라도 생각났는지, 별안간 소리 내어 웃었다. 그날 클래스는 별일 없이 끝났다. 여자는 어떤 원석도 박지 않고, 저처럼 얇고 무난한 은반지 하나를 만들어서 돌아갔다.

나는 참가자들이 빠져나간 공방에 홀로 남았다. 만들다 만 정현의 두상이 구석에서 나를 바라보고 있었다. 텅 빈 갈색 눈동자를 보고 있자니 묘한 소름이 돋았다. 그 와중에 메시지가 도착했다.

여기 학교 뒤쪽 횟집. 너랑 친한 애들 다 있어. 여기로 올래?

정현이었다. 내 친구들이 아니라 네 친구들이겠지. 나는 혼잣말을 중얼거리며 답장을 보냈다.

나 회 못 먹는 거 알잖아.
아 맞다. 그래도 와서 매운탕이라도 먹어. 애들이 오랜만에 너 얼굴 보고 싶대.

한참 동안 액정을 노려보다가 휴대폰을 뒤집었다. 무심코 고개를 드는 순간 나는 또다시 황갈색 눈동자를 맞닥뜨렸다. 불쾌함이 차올랐다. 두상이 나를 노려보고 있었다. 나는 곧장 두상 앞으로 다가갔다. 옆에 붙여 둔 정현의 사진을 떼 구기고, 두상은 벽을 보는 방향으로 뒤집어 버렸다.

작업대 위의 핸드폰이 쉬지 않고 울렸다. 내가 전화를 받지 않자 정현은 답을 하라며 같은 메시지를 몇 번이나 반복해서 보냈다. 벌써 취했나? 전에는 이런 행동이 그만큼 나를 좋아한다는 증거인 것 같아 기뻤던 적도 있었다. 무엇에 홀려 있었던 듯한 시간이었다. 이제 정말 끝이라는 생각이 들었다. 나는 휴대폰 화면을 끄고 가방을 챙겨 들었다. 정현의 부름에 응할 생각은 없었다.

✠

그와 사귄 지 얼마 되지 않았을 때였다.

"넌 다리에 비해 허리가 좀 긴 거 같아."

정현이 나를 위아래로 훑으며 말했다. 통이 큰 슬랙스에 검은 티셔츠를 입은 날이었다. 그의 말에 서운함은 둘째치고 수치스러움이 밀려들었다. 내가 아무 말도 하지 못하자 정현은 웃으며 슬쩍 덧붙였다.

"조언해 주는 거야. 네 몸의 단점을 커버할 수 있게 스타일을 바꿔 봐."

나는 단 한 번도 내 다리가 짧다고 생각해 본 적이 없었다. 애초에 내 다리의 길이에 대해 진지하게 고민한 적이 없었다. 허나 내가 화를 냈어야 했다는 걸 인지했을 때는 이미 말을 꺼내기엔 너무 늦어 버린 후였다.

결국 그냥 묻어 두기로 한 후에도 새 옷을 고르거나 할 때면 어김없이 그의 말이 떠올랐다. 친구들에게도 물었다. 내 다리가 짧은 편이야? 응? 키는 크지. 그러니까, 비율 말이야. 내 다리가 허리에 비해서 많이 짧아? 친구들은 그렇다고 다리를 늘일 수는 없지 않냐며 농담처럼 웃었다. 결과적으로 나는 바지 대신 원피스나 치마를 훨씬 자주 입게 되었다. 그의 조언들은 계속 이어졌다.

"오늘 입은 옷은 예쁘네. 저번에 입고 온 건 영 별로였어."

"넌 이마가 좁아서 그런 머리는 안 어울려. 지금 머리가 나아."

정현은 교묘하게 날 평가했다. 주로 좋은 말을 먼저 건네며 이전의 차림들을 깎아내리는 식이었는데, 당장 코앞에서 칭찬하는 이를 두고 화를 내기도 뭐한 일이었다. 기분이 좋은 것 같다가도, 돌아서면 어딘가 찝찝한 기분이 남았다. 집에 돌아와서는 이전에 입었던 옷들을 다시 입어 보며 어느 부분이 어떻게 별로였는지, 나의 몸에 대해 분석하고 평가했다. 그러다 보면 이전까지 아무렇지도 않게 입던 옷이 나의 단점만 부각하는 우스꽝스러운 옷처럼 느껴지곤 했다. 그렇게 수납함에는 안 입는 옷들이 늘어났고, 새로 사는 옷들은 하나같이 정현이 칭찬하는 스타일이었다.

어느 순간부터 난 그의 눈치를 보고 있었다. 그의

취향에 맞게 옷을 입었고, 머리를 바꾸었다. 내 삶의 모든 게 정현에게 맞춰져 갔다. 그래도 당시에는 이상하다는 생각이 들지 않았다. 마치 마취약이라도 맞은 것처럼, 나는 스스로의 변화에 무뎌졌다. 누구에게 뭐라고 하소연할 수도, 정현에게 따질 수도 없었다. 그가 한 건 강요도, 협박도 아닌 한마디 말일 뿐. 전부 내 선택이었으니까.

그때의 나는 늘 목의 이물감에 시달렸다. 크게 거슬리는 정도는 아니었고, 잊고 있다가 침을 삼킬 때면 한두 번씩 따끔한 정도였다. 너무 사소해서 남에게 말하기조차 민망하지만 확실히 나의 신경을 자극하는 것. 존재하지 않지만 나에겐 느껴지는 것. 그런 걸 어떻게 다뤄야 하는지 나는 알지 못했다.

정현의 두상을 만들기 시작한 것은 그즈음부터였다. 형체를 있는 그대로 베끼는 건 내가 제일 잘하는 일이었다. 나는 한 번 본 사람 얼굴은 웬만하면 잊지 않았고, 생김새의 특징을 잘 집어내는 편이었다. 아무 생각 없이 얼굴을 베끼는 일은 단순노동 같아서, 목의 이물감을 포함한 다른 상황들을 잊는 데 도움이 되었다.

나는 매일같이 두상을 다듬었다. 정현의 얼굴은

굳이 보지 않아도 빚을 수 있을 만큼 익숙했으나, 좀 더 정확한 재현을 위해 옆에 사진을 붙여 놓고 작업했다. 작업 모델은 그와 사귀기 직전에 함께 찍은 필름 사진이었다. 그 안에서 정현은 특유의 부드러운 눈매를 휘며 나를 바라보고 있었다. 입꼬리는 보기 좋게 올라가 있었고, 눈동자에는 생기가 돌았다. 웃고 있는 두상을 빚는 동안에는 나도 웃으며 작업할 수 있었다.

하루는 그 모습을 빤히 보던 선배가 다가와 말했다.

"별로 안 닮았어."

선배가 나를 약 올린다고 생각했다. 원래도 스스럼없이 장난을 치던 사이이기도 했고, 입시를 함께 치른 선배는 한 번 본 얼굴은 완벽에 가깝게 재현해 내는 내 재능을 알고 있었다. 그러나 선배는 진심인 듯, 정말로 이상하다는 듯이 옆에 앉아 두상을 보며 중얼거렸다.

"정말이야. 안 닮았어."

"그럴 리가 없는데."

"네 실력 나도 아는데, 이번 건 좀 뭐랄까. 이목구비는 분명 닮았다? 그런데 내가 저번에 본 네 남친이랑 완전히 다른 사람 같아."

나는 입을 다물었다. 그리고 좀 전까지 빚던 두상

을 응시했다. 사진과 다름없이 맑게 웃는 얼굴이었다. 목이 간질거렸다. 얇은 가시가 여린 살갗을 살살 긁는 것 같은 간지러움이었다. 마침 정현을 만나기로 약속한 시간이 되었으므로, 나는 두상을 방치한 채 공방에서 나왔다. 이물감은 계속 따라붙었다.

그날 영화관에서 만난 정현은 흰 줄이 박힌 추리닝 차림에 모자를 쓰고 있었다. 입가는 지저분했고 눈에는 졸음이 가득했다. 그 순간 어떤 충격이 일었다. 나는 선배가 그런 말을 한 이유를 어렴풋이 알 것 같았다. 정현의 모습은 내가 빚던 사진 속의 사람과 달랐다. 시선과 태도, 분위기, 인상, 그 모든 게 달랐다.

불공평하다는 생각은 불쑥 찾아왔다. 정현이 입고 온 바지는 사진 속의 바지와 같았고 모자도 사귀기 전부터 자주 보던 거였다. 나는 내 모습을 훑었다. 작업하는 데 거슬려서 자주 입지 않던 원피스에, 5센티가 넘는 굽의 구두, 그리고 길게 내린 앞머리. 그는 그대로인데, 그의 옆에 있는 동안 나는 너무 많이 바뀌었다.

이 상황이 아주 기이하게 느껴졌다. 길을 잘못 들었다는 생각이 들었다. 제대로 잘못 들었는데, 어떻게 돌아갈지 감이 잡히지 않았다. 내가 말이 없자 정현은 또 왜 기분이 상한 것이냐며, 피곤하다는 말을 연발했다. 그래도 반응이 없자 말없이 핸드폰만 보았다.

나는 그날 어떤 것에도 집중할 수 없었다. 한 번 이상하다는 생각이 드니, 모든 게 이상하게만 느껴졌다. 정현은 무엇이 그리 즐거운지 내내 미소를 띤 채 핸드폰을 바라봤다. 미세하게 올라간 입꼬리, 접힌 눈매, 사진 속에서 나를 보던 얼굴과 지금 그의 표정이 무척 비슷했다. 허나 그가 보는 건 내가 아닌 한낱 핸드폰이다. 목구멍이 아팠다. 내가 밭은기침을 계속한 탓에 정현이 귀찮다는 티를 내며 화장실로 향했다.

나는 그사이에 정현의 핸드폰을 집어 들었다. 원래는 없었던 잠금이 걸려 있었다. 그때였다. 마치 보라는 듯이 메시지가 한 통 도착했다.

나야 잘 지내지. 그런데 네 여자 친구 말이야 ─태주

다른 메시지들은 보지 못했다. 정현이 물티슈를 들고 돌아왔고, 나는 시치미를 뗐다. 머릿속에는 아까 본 메시지와 함께 전혀 모르는 이름이 맴돌았다. 태주. 여자 같기도, 남자 같기도 한 이름이었다.

영화 시작 전, 핸드폰을 확인한 정현은 잠시 화장

실에 다녀오겠다며 나갔다. 그는 광고가 다 끝난 후에
야 돌아왔다. 영화는 지루했다. 크레딧이 다 올라갔을
때 나는 일부러 실제와 다른 결말을 내밀었다.

"그래서, 주인공이 죽었다는 거지?"

"응. 죽은 거지."

"그렇구나. 알겠어."

그사이에도 정현은 핸드폰을 보고 있었다. 정현
과 헤어지고 나는 다시 공방으로 향했다. 그리고 어둠
에 잠긴 공간에서, 오랫동안 내가 만들던 두상을 바라
보았다. 그건 정현의 얼굴도 뭣도 아니었다. 나는 전혀
모르는 얼굴을 빚고 있었던 것이다. 내 머릿속의 정현
과 현재의 정현, 그리고 사진 속 정현의 얼굴이 뒤섞인
얼굴이었다. 나는 정현의 두상에서 시선을 떼었다. 와
중에 태주라는 이름만이 뇌리에 박혔다.

3

간만에 혼자 재료상에 들렀다. 가방 속 핸드폰은
여전히 정현의 문자로 난리였지만 무시했다. 왁스와
은, 땜선을 사서 다시 공방으로 돌아오는 사이에 해가

졌다. 두상은 나가기 전에 돌려놓은 대로, 벽을 보고 있었다.

아예 부숴 버릴까. 그런 생각을 하며 작업실을 정리했다. 선배의 책상에는 서류 뭉치들이 아무렇게나 널려 있었다. 별생각 없이 그것을 집어 들었다. 클래스 신청자 명단이었다. 그 수많은 이름들 중 하나가 내 시선을 사로잡았다. '이태주'라는 이름 석 자.

신청 날짜를 보니 오늘이다. 서둘러 다른 참가자들의 신청 내역을 확인했다. 혼자 신청한 사람은 이태주뿐이었다. 정현의 두상을 보고 똑같다고 말했던 여자. 여자의 마른 옆태와, 턱선이 이어져 다다른 곳의 움츠러든 귀, 그리고 귓불의 점 따위가 파노라마처럼 스쳐 지나갔다.

아니다. 동명이인일 수도 있다. 태주라는 이름은 누구나 쓸 수 있다. 하지만 몇 안 되는 대화의 주제가 정현의 두상이었다는 게 걸렸다. 혹시라도 메시지의 주인이 그 여자가 맞다면, 태주는 나를 왜 찾아온 걸까. 단순한 호기심? 정현의 두상을 보던 표정이 어땠더라? 바로 오늘 보았음에도, 여자의 인상은 어딘가 모호했다. 세밀한 특징들은 기억이 나는데 그 모든 걸 조합한 얼굴이 그려지지 않았다. 분명 얼굴을 봤는데. 이런 적은 처음이었다. 명단을 쥔 손끝에 힘이 들어갔다.

그때 누군가 들어오는 소리가 났다. 선배인가 싶어 나는 크게 외쳤다.

"내가 다 정리했어. 그냥 가도 돼."

"채원아."

정현이었다. 얼마나 마신 것인지, 그는 얼굴이 온통 붉었다. 역한 술 냄새가 풍겨 와 나는 울렁임을 참으며 물었다.

"왜 왔어?"

"내 연락을 안 받잖아."

"안 간다고 했잖아."

"내가 계속 전화했는데 한 통을 안 받더라? 그럼 당연히 걱정이 되지. 그렇게 네 기분만 생각하고 이기적으로 굴지 좀 마. 회를 못 먹는다고 해도 와서 분위기 좀 맞춰 줄 수 있는 거 아니야? 내 친구들인데?"

신기한 일이었다. 나는 그가 입을 벌리기도 전에, 그가 무슨 말을 내뱉을지 예상할 수 있었다. 정현은 내 예상에서 한 치도 벗어나지 않는 말들을 지껄였다. 그건 꼭 내가 아닌 다른 사람에게 하는 말처럼 멀게만 느껴졌다. 문득, 그가 이런 말을 나뿐만이 아니라 또

다른 이들에게도 해 왔을 것이란 생각이 들었다. 나는 그의 말을 자르고 물었다.

"내가 고작 그 자리에 안 간다고 네가 손해 볼 게 뭔데? 이기적인 건 너야."

그리고 정현의 손목을 떼어 낸 뒤 자리에서 일어섰다. 허나 문까지 도달하지도 못하고 다시 붙잡히고 말았다. 정현이 풀린 눈으로 물었다.

"지금 뭐야? 나랑 싸우자는 거야?"

"싸우고 말고 할 것도 없어. 헤어져. 너도 내가 이기적이어서 싫다며. 헤어지면 편하겠다."

손목을 잡은 악력이 거세졌다. 순간 왈칵 두려움이 몰려왔다. 이곳은 아무도 없는 공방이고, 선배는 언제 돌아올지 모른다. 핸드폰은 가방 안에 있는데 한 손은 붙잡힌 채였다. 정현이 기가 찬다는 듯이 헛웃음을 뱉으며 되물었다.

"헤어지자고? 갑자기 왜 이러는데?"

이유는 많았다. 그 많은 이유를 하나하나 설명할 필요는 굳이 느끼지 못했다. 대신 나는 머릿속에 자리한 궁금증을 푸는 데에 이 상황을 이용했다.

"태주가 누구야?"

"너 내 핸드폰 훔쳐봤어?"

"누구냐고. 누구길래 내 얘기를 해?"

"그냥 고등학교 동창이야. 내가 주말에 동창회 간다고 말했잖아. 그건 그냥 그중에 여자 친구 있는 게 나쁜이라."

그런 기억은 없었다. 말을 했다면 내가 기억하지 못할 리가 없다. 너무 뻔하고 진부한 상황에 나는 약간 웃었다. 내게서 답이 없자 정현은 평소처럼 나를 다그치기 시작했다.

"도대체 무슨 생각 하는 거야? 네 속을 모르겠어. 그렇게 걔가 의심스러우면 통화라도 시켜 줄까?"

"됐어."

메시지가 직접적인 이유는 아니었다. 나는 다만 깨달은 것이다. 정현이라는 인간에 대해. 그는 언제나 불리한 상황이 되면 오히려 적반하장으로 화를 내곤 했다. 내가 손목을 비틀어 빼내려 하자, 정현이 다른 한 손까지 합하여 더욱 꽉 붙잡았다.

"채원아, 이성적으로 생각해. 너 지금 너무 감정적이야. 내가 그동안 너한테 어떻게 했는데? 혼자 상상하고 이런 식으로 사람 뒤통수치면 안 되지."

그 순간 목구멍에 날카로운 통증이 일었다. 시야가 희게 물들 정도로 강한 통증이었다. 있는 힘껏 정현의 손을 뿌리치고 목을 움켜쥐었다. 뭔가 쓰러지는 소리가 났다. 기침과 헛구역질을 몇 번 반복하자 통증이 가셨다. 나는 숨을 크게 들이마시며 소리가 난 곳을 바라봤다. 넘어진 정현과 함께 의자가 나뒹굴었다.

정현이 욕설을 지껄이며 몸을 일으켰다. 난 가방을 챙겨 문으로 향했다. 정현이 서둘러 따라나섰다. 그에게 붙잡히면 안 된다는 걸 직감했다. 뛰듯이 걸었다. 정현도 뛰듯이 걸었다. 이대로라면 붙잡힐 것이다. 문을 열자마자 달음박질칠 요량으로 팔을 뻗었다. 그러나 뜻밖에도 문은 절로 열렸다. 찬 바람과 함께 나타난 건 이목구비가 없는 여자였다. 나는 비명과 함께 정신을 잃었다.

✠

눈을 뜨니 병원이었고, 선배가 있었다.

"걔는 내가 보냈어. 경찰에 신고하겠다고 겁주니까 가더라."

한 시간가량 링거를 맞고 선배와 함께 병원에서 나왔다. 택시 안에서 선배가 어찌 된 일인지를 물었다. 한참을 고민하던 나는 결국 자초지종을 털어놓았다.

정현에게 온 메시지, 두상을 보던 여자, 얼굴이 기억나지 않는 여자. 선배는 내 말을 듣더니 고개를 갸우뚱거렸다.

"네 말은 정현이 몰래 연락하는 여자가 오늘 공방에 왔다는 거야? 왜? 너를 엿 먹이려고?"

소리 내어 말하고 보니 참 구차한 이야기였다. 허나 중요한 건 고작 그런 게 아닌, 여자의 얼굴이 기억나지 않는다는 사실이었다. 나는 이게 얼마나 이상한 일인지 선배에게 알리기 위해 애썼다. 선배는 그에 안쓰럽다는 얼굴로 답했다.

"네가 착각하는 거겠지. 너 지금 너무 예민해. 일단 좀 쉬자."

힘이 죽 빠졌다. 그 모든 게, 단순히 내가 예민한 탓이라고? 정말 모두 우연이라고? 택시에서 내린 후 빠르게 작업실로 향했다. 문을 당기자 정현과의 다툼으로 어질러진 내부가 눈에 들어왔다. 발치에 둔탁한 무언가가 채였다. 정현의 두상이었다. 나는 형편없이 뭉개진 그것을, 덩그러니 현관 근처를 구르는 처참한 머리를 빤히 바라보았다.

이게 왜 여기 떨어져 있지?

두상이 원래 있던 곳은 저 안쪽인데. 혹시 정현과

의 다툼 중에 떨어진 걸까? 하지만 그렇다기엔 너무 거리가 멀었다. 그리고 다툼 중에 떨어졌다 하더라도, 작업실의 제일 안쪽에 있던 두상이 현관까지 굴러왔다는 건 이상하다. 누가 일부러 옮겨 놓지 않는 이상 있을 수 없는 일이다. 순간 뚫어져라 두상을 보던 여자의 뒷모습이 떠올랐다. 나는 조심스레 허리를 숙이고 두상을 뒤집었다. 형체를 거의 잃어버린 두상의 입꼬리가 기묘하게 비틀어져 있었다. 뒤늦게 문을 열고 들어온 선배가 한숨을 쉬며 말했다.

"치우는 것도 한참이겠네. 넌 아까 들어와서는 왜 멍하니 그러고 있어?"

나는 선배에게 두상을 가리키며 물었다.

"선배, 혹시 나 기절했을 때도 이게 여기에 있었어?"

"잘 기억 안 나는데. 나도 워낙 놀라서."

나는 손톱을 잘근거리며 중얼거렸다.

"내 기억으로는 없었어. 저 뒤쪽에 박혀 있던 게 지금 여기 떨어져 있다고. 우리가 없는 사이에 누가 여기 왔다 간 거야."

선배는 내 어깨를 툭툭 친 후, 청소 도구를 집어들며 말했다.

"네가 착각한 거라니까. 빨리 청소나 하자."

청소를 끝낸 후 선배는 담배를 피우겠다며 나갔다. 나는 엉망이 된 작업대 앞에 앉았다. 머릿속이 난장판이었다. 그래도 침착하기 위해 노력했다. 그 태주라는 여자의 짓이 분명했다. 곧장 클래스 참가자 명단 서류를 뒤졌다. 이태주라는 이름 옆에 연락처가 적혀 있었다. 핸드폰을 꺼내 다짜고짜 번호를 눌렀다. 벌써 밤 10시를 넘긴 시간이었지만 그런 걸 신경 쓸 새가 아니었다. 통화 버튼을 누르기가 무섭게, 스피커 너머에서 차가운 목소리가 들려왔다.

지금 거신 전화는 없는 번호입니다.

없는 번호라고? 고작 공방 클래스를 신청할 때 가짜 번호를 쓰는 사람이 몇이나 있을까. 멍하니 통화 종료 문구가 뜬 액정을 바라보다 손가락을 움직였다. 검색엔진을 켜고 태주가 쓴 번호를 적었다. 영문 모를 전화가 올 때마다 종종 하는 일이었다.

몇 가지 게시물이 나왔다. 제일 위에 놓인 링크를 타고 들어가자 어떤 블로그가 펼쳐졌다. 경기도 소재 리조트의 홍보 블로그였다. 마지막 게시물이 쓰인 날짜는 3개월 전이었다.

여름엔 호수가 보이는 리버뷰 리조트로 오세요.
숙박 문의 이태주 실장 ×××-××××-××××

메인에는 리조트의 전경 사진이 걸려 있었다. 흰
벽에 파란색으로 포인트를 준 촌스러운 건물이었다.
자랑스럽게 걸어 놓은 객실 내부 사진을 보니 꽃무늬
벽지 같은 한물간 아이템으로 인테리어를 해 놓았다.

나는 뚫어져라 사진을 응시했다. 리조트의 4층,
발코니에 누군가 팔을 기대고 서서 멀리 호수를 보고
있었다. 분위기가 낮에 방문한 여자와 유사한 것 같았
다. 사진을 크게 확대했으나 화질이 낮아 얼굴은 보이
지 않았다.

사진 속 인물은 리조트와 어울리는 파란 줄무늬
원피스를 입었고, 긴 머리를 질끈 묶어 옆으로 늘어
뜨렸다. 이런 외지의 오래된 리조트에서 홍보를 위해
모델을 고용할 것 같지는 않았다. 따로 모델을 썼다
면 얼굴조차 보이지 않는 저화질의 사진을 올렸을 리
없다. 나는 블로그를 나와 지도 앱에서 리버뷰 리조
트를 검색했다. 선명한 붉은 글자로 폐업이라고 적혀

있었다.

　그날은 결국 공방 옆에 딸린 휴게실에서 잠을 청했다. 나는 밤새 뒤척였다. 얼굴이 기억나지 않는 여자에 대한 생각이 나를 집어삼켰다.

　다음 날 눈을 뜨자마자 경비업체에 전화를 걸었다. CCTV에는 여자의 모습이 찍혔을 것이다. 업체에서 영상을 보내 준다기에 직접 방문하겠다고 말했다. 찬 바람이라도 맞아야 정신이 좀 들 것 같아서였다.

　정현에게는 어떤 연락도 없었다. 떠올려 보면, 정현은 절대 먼저 사과하지 않았다. 늘 애가 타서 먼저 연락하는 건 나였고, 정현은 어쩔 수 없다는 듯이 내 사과를 받아들이곤 했다. 이번에는 그러지 않을 것이다. 정현의 번호를 목록에서 지우기 위해 손을 놀렸다. 와중에 새벽에 도착한 문자 하나가 눈에 띄었다. 발신자는 몇 번 만난 적이 있는 정현의 친구였다.

　정현이 주말에 동창회 가는 거 맞아요. 태주 저도 아는 친구인데. 오해 풀었으면 좋겠네요.

　나도 모르게 코웃음 쳤다. 정현의 친구들은 이전

에도 몇 번 거짓말을 맞춰 준 전과가 있었다. 이런 같 잖은 변명을 믿을 거라고 생각했다면 오산이다. 정현 따위는 이제 어찌 되든 상관없었다. 오늘이야말로 태 주의 얼굴을 보고 말 것이다. 그런 생각을 하는 사이 에 업체에 도착했다. 이제 여자의 얼굴을 확인할 일만 남았다. 나는 가벼운 발걸음으로 사무실에 들어섰다.

"얼굴이 나온 건 없네요."

내 기대는 산산이 부서졌다.

"설치한 카메라 화질이 원래 낮습니다. 기계도 오래되었고 그 건물 근처에는 사각지대도 많아요. 어 제 저녁부터는 아예 먹통이었어요. 이 기회에 좀 바 꾸세요."

업체 직원이 정지된 화면을 최대로 확대했다. 막 수업이 끝났을 시간대였다. 픽셀이 깨져 모든 형체의 경계가 희미했다. 화면 속, 공방을 나서는 여자의 뭉개 진 얼굴은 꼭 웃고 있는 것처럼 보였다.

결국 알아낸 것 하나 없이 공방으로 돌아왔다. 문 을 당기자 그새 새로 붙은 전단지와 잡다한 고지서들 이 떨어졌다. 그것들을 주워 든 다음 버릴 것과 그냥 둘 것으로 분류했다. 와중에 기묘한 것이 눈에 띄었다.

리버뷰 리조트의 홍보 전단지. 정신없는 레이아웃으로 조악하게 만들어진 전단지는 어딘가 서늘하기까지 했다. 우편물을 쥔 손끝에 힘이 들어갔다. 이미 폐업한 리조트가 홍보 전단지 따위를 뿌렸을 리 없다. 차라리 협박 메시지 같은 게 적혀 있다면 그러려니 할수 있었을 텐데. 전단지를 뒤집어 보았지만 아무 메시지도 없었다. 그냥 평범한 홍보 전단지였다. 맨 아래에는 고딕체로 큼지막한 글자가 적혀 있었다.

예약 문의 이태주 실장 : ×××-××××-××××

전에 걸었던 바로 그 번호였다. 스산한 분위기를 풍기는 인쇄물 속 리조트 전경을 빤히 응시했다. 블로그에서 본 것과 같은 사진이었다. 발코니에는 여자가 몸을 기대고 있었다. 여자의 실루엣을 뚫어져라 바라보자 어떤 위화감이 느껴졌다. 분명, 블로그에서는 여자가 약간 측면을 보고 있었던 거 같은데. 전단지 속 여자의 얼굴은 정면을 향했다. 마치 누군가를 보고 있는 것처럼. 서둘러 휴대폰을 꺼내 들었다. 방문했던 페이지 목록을 뒤져 블로그 링크를 눌렀지만,

해당 사이트는 서비스 기한이 만료되었습니다.

게시물은 뜨지 않았다. 어제까지 보란 듯이 올라와 있던 모든 게시물이 사라졌다. 이쯤 되니 오기가 생겼다. 지도 앱에 리조트 이름을 입력하고 위치를 확인했다. 폐업한 리조트의 전단지를 보낸 이유가 뭘까. 보통 전단지를 돌리는 건 사람들을 불러 모으기 위해서다. 전단지의 상단에는 "호수가 보이는 리버뷰 리조트로 오세요."라는 초대 문구가 쓰여 있었다.

심장이 빠르게 요동쳤다. 전단지가 꼭 초대장처럼 느껴졌다. 혹시는 확신으로 크기를 키웠다. 그 여자가 나를 부르는 게 아닐까. 그렇지 않으면 이렇게 주위를 맴돌며 내 신경을 바싹바싹 갉아 댈 이유가 없다. 얼굴 없는 여자가 나를 부르고 있었다. 리버뷰 리조트로.

4

리조트로 가는 길은 어둡고 구불구불하고 좁았다. 도착했을 땐 밤 9시가 훌쩍 넘은 시간이었다. 차를 아무렇게나 대어 놓고 내렸다.

리조트는 어둠에 잠겨 있었다. 그래서 유일하게 불이 켜진 4층 객실이 더욱 눈에 띄었다. 은은하게 빛나는 노란 불빛을 바라보았다. 발코니 문이 열리고 원피스를 입은 여자가 걸어 나왔다.

여자는 난간에 양팔을 기대고 서서 멍하니 허공을 응시했다. 빼다 박은 것처럼 사진과 똑같은 자세였다. 순간, 내가 저화질의 세상으로 들어온 것이 아닐까 하는 착각이 일었다. 나는 여자의 얼굴을 보기 위해 온 신경을 집중했다. 주변이 어두워 얼굴은 보일 듯 보이지 않았다. 목구멍이 간질거려서, 꼭 기침이 나올 것 같아 손으로 입을 틀어막았다. 여자가 그사이에 발코니에서 몸을 떼고 곧게 섰다.

여자의 얼굴은 또다시 어둠 속으로 자취를 감추었다. 객실에서 흘러나오는 불빛에 여자의 얼굴 위로 짙은 그림자가 졌다. 허나 나를 향한 시선만은 선명히 느낄 수 있었다. 여자는 마치 이리로 오라는 듯이, 천천히 뒷걸음질 치더니 방 안으로 사라졌다.

나는 확신했다. 이건 초대였다. 이 방문은 허락받은 것이다. 큰 보폭으로 리조트를 향해 뛰었다. 로비는 어두웠고, 엘리베이터는 작동하지 않았다. 터질 것 같은 심장의 박동을 느끼며 계단을 올랐다.

지금껏 이렇게까지 충동적이었던 적이 있었던가? 4층이 가까워질수록 머릿속에 쾅, 쾅, 하는 소음이 울렸다. 이모가 생선 대가리를 자르던 소리, 묵직한 회칼이 나무 도마를 찍어 박는 소리. 물컹한 생선 살의 감촉. 시퍼렇게 뜬 광어 눈깔. 내 목에 17년째 박혀 있는 가시. 내 의사를 막는 모든 것들, 입에서 나오지 못한 말들은 엉기고 뭉쳐서 가시로 남았다. 그것은 다시 내 목구멍을 틀어막고 여린 부위를 찔러 댄다.

지나온 이미지와 목소리들이 감각을 수놓았다. 나는 소리를 따라 달렸다. 희미한 것이 선명해지는 순간을 향해….

그런데, 이 소리가 내 머릿속에서 나는 소리가 맞나?

403호라고 적힌 방문 앞에 섰다. 바닥에 꽂히기라도 한 듯이 꼼짝도 할 수 없었다. 문 안쪽에서 쾅, 쾅, 하는 소리가 들려왔다. 조금 전까지 머리끝으로 치솟던 충동이 단숨에 바닥을 쳤다. 문틈 사이로 노란 불빛이 새어 나왔다. 어째선지 비릿한 냄새가 나는 것 같기도 했다. 호숫가라 그런가. 이건 고이다 못해 썩어 버린 물 냄새일까. 이러지도 저러지도 못한 채로 초인종에 손가락을 가져다 댔다. 여기까지 와서 돌아설 수는 없었다. 그 순간, 문이 열렸다. 나는 나를 바라보는 얼굴을 마주했다.

"잘 왔어요."

여자가 화사하게 웃었다.

✠

하나로 질끈 묶은 머리와 흰 피부가 차례대로 시야를 스쳤다. 나는 여자의 왼쪽 귓불을 확인했다. 선명한 점이 박혀 있었다. 강한 희열이 머리끝까지 차올랐다. 눈앞의 여자를 껴안고 소리를 지르고 싶을 정도였다. 여자가 먼저 손을 내밀며 무척 친근한 목소리로 말했다.

"우리 구면이죠?"

천천히 고개를 끄덕였다. 오랜 친구를 만난 것처럼 반가웠다. 여자의 손을 맞잡기 위해 팔을 뻗었다. 그리고 무심코 시선을 내린 순간, 멈칫했다. 눈앞에 놓인 태주의 손이 빨간색 페인트 통에 들어갔다 나온 것처럼 새빨갛다. 태주가 자신의 손을 보더니,

"아, 실례했네요."

하고는 원피스에 마구 문질러 닦았다. 나는 그대

41

로 멈춰 섰다. 뒤늦게 다른 점도 눈에 띄었다. 역광에 가려져 있던 옷 역시 온통 붉은빛이었던 것이다.

다시 혼란이 찾아왔다. 여기서 지금이라도 도망갈 수 있을까? 뛰어온 복도는 온통 어둠. 저 너머에 무엇이 있는지 모를 어둠. 여기는 현실이 맞나? 눈앞의 여자는 진짜인가? 나는 피로 범벅인 태주의 손을 덥석 쥐었다. 마른 손은 분명 그 자리에 있었다. 실제로 만져지는 피부였다. 안도인지 공포인지 모를 숨이 터져 나왔다. 태주가 내 손등을 부드럽게 감싸 쥐었다.

"들어오세요. 기다리고 있었어요."

태주가 나를 방 안으로 이끌었다. 문턱 너머로 부드러운 카펫이 밟혔다. 내부의 조명은 어두웠고, 따스한 빛을 띠었다. 태주는 흠, 흠, 하며 낯선 곡조의 콧노래를 연신 흥얼거렸다. 그렇게 나아가자, 거실이 나타났다.

시체가 있었다. 세 구 정도. 머리가 터지고, 목이 잘린 시체였다. 하나같이 얼굴은 전혀 알아볼 수 없었다. 헛웃음이 났다. 정말로 미쳤나? 이건 내 상상인가? 크게 숨을 들이마시고 눈을 감았다. 비린내가 콧속을 후벼 팠다. 태주가 귓가에 대고 노래하듯이 속삭였다.

"꿈이 아니에요."

눈을 떠도 거실의 광경은 변하지 않았다. 양손으로 구역질이 올라오는 입을 틀어막았다. 입을 벌려도 소리가 나오지 않았다. 침묵을 깬 건 비명 소리였다. 내가 아닌 누군가의 비명.

"살려 줘! 살려 주세요!"

정현의 목소리였다. 나는 소리가 나는 쪽으로 고개를 돌렸다. 미닫이문으로 거실과 나뉘는 작은 방에, 정현은 눈이 가려진 채 결박되어 있었다. 의자에 묶여 몸을 꿈틀대는 모습이 이모가 다듬던 횟감을 떠올리게 했다. 정현이 목청껏 소리를 질러 댔다.

그대로 뒷걸음질 쳤다. 발뒤꿈치에 누구의 것인지 모를 팔뚝이 차였다. 다리에 힘이 풀려 넘어졌고 동시에 짧게 소리를 내질렀다. 피를 머금은 카펫에 닿은 손가락 사이사이로 진득하고 검붉은 액체가 배어 나왔다. 나는 죽기 직전의 짐승 같은 울음소리를 내며 몸을 뒤로 물렸다. 그때였다.

"채원? 채원이야? 나, 나 좀 살려 줘. 제발 부탁이야. 응?"

정현이 내 이름을 불렀다. 결박된 몸뚱이를 이리저리 비틀며 계속 이름을 외쳤다. 그가 이렇게 애절한 목소리로 나를 부르는 건 처음이었다. 그래 봤자 내가 할 수 있는 건 아무것도 없었다. 나는 피로 범벅이 된 양손으로 무릎을 안은 채 벌벌 떨었다. 이 공간에서 내 존재를 지우고 싶다. 애초에 온 적도 없었다는 듯이. 연신 내 이름을 외쳐 대는 정현의 입을 틀어막고 싶었다.

그가 조용해진다면 내가 이곳에 있다는 사실 역시 함께 묻힐 수 있을 것 같았다. 나는 일그러진 얼굴로 정현을 노려보았다. 간절하게 나를 부르는 정현의 입을 꿰매거나 찢어 버리고 싶다.

그리고 태주는 나를 보고 있었다. 한 손에는 큼직한 회칼을 든 채로. 태주가 천천히 앞으로 다가왔다. 나는 아기처럼 몸을 웅크렸다. 코앞까지 다가온 태주가 친절히, 회칼을 내밀었다. 받아 들라는 듯이. 백지 같은 얼굴의 태주가 나긋이 말했다.

"선택의 시간이에요."

그녀가 말하는 선택이 무엇을 뜻하는지는 명확했다. 나는 태주가 들이민 흉기를 응시했다. 내 앞에 놓인 건 칼끝이 아닌 손잡이였다. 나는 미간을 구기며 고개를 저었다. 태주는 독촉하지 않았다. 그녀는 선택의 결과를 이미 알고 있는 것처럼 굴었다. 나는 계속 고개를 저었다. 갑작스럽게 목에 통증이 치달았다. 평소보다 유독 심한 기침이 연달아 튀어나왔다. 목을 붙잡고 바닥을 기었다.

고요하게 나를 응시하던 태주가 회칼을 거둬들였다. 그녀는 묵직한 쇳덩이를 바닥에 내려놓고는 나와 눈을 맞춘 채 쪼그려 앉았다. 태주의 두 눈이 바로 앞에 있었다. 차마 마주 볼 수 없어 나는 그녀의 귓불에 난 점에 시선을 두었다.

그녀가 별안간 팔을 뻗어 내 턱을 틀어쥐었다. 그 새에도 연신 밭은기침이 터져 나왔다. 턱을 쥔 손은 가차 없어서, 입이 절로 벌어졌다. 태주가 내 검은 내부를 들여다보았다. 안쪽을 집요하게 응시하던 그녀가 사뭇 안쓰럽다는 목소리로 중얼거렸다.

"가여워라."

나는 눈을 크게 뜬 채, 발작과도 같은 거친 숨을 내쉬었다. 태주가 다른 한 손으로 내 등을 부드럽게 쓸었다. 호흡이 점차 가라앉았다. 태주의 시선은 여전히 어둡고 축축한 내부에 고정되어 있었다.

나는 그제야 눈앞의 태주를 직시했다. 계속 피해 왔던 옅은 갈색의 눈동자를 오롯이 마주했다. 그에 태주는 싱긋 웃었을 뿐이다. 그녀가 등을 쓸어내리던 손을 앞으로 가져와 갈고리 같은 손가락으로 내 입을 잡아 벌렸다. 한껏 벌어진 턱이 당겨 왔다.

얇고 가느다란 손가락 두 개가 입속을 침범했다. 그것은 입천장과 혀뿌리 너머 아주 깊숙한 곳까지 닿았다. 신기하게도 구역질은 나지 않았다. 한순간 목이 찢어지는 것 같은 고통이 일었고, 나는 뒤늦게 밀려오는 구토감에 상체를 숙였다. 내장까지도 토해 낼 수 있을 것 같았다. 피로 물든 바닥을 짚고서 한참을 기침했다. 이윽고 알싸한 통증과 함께 무언가 입에서 튀어나왔다.

그건, 가시였다. 하얗고 하얀 가시. 정말로 그것이 존재했던 것이다.

나는 떨리는 손으로 내 안에서 튀어나온 그것을 주워 들었다. 엄지손가락 한 마디만 한, 아주 얇고 뾰족한 가시였다. 허옇게 빛나는 물체를 들고 누런 조명에 이리저리 비춰 보았다.

허파에 바람이라도 든 것처럼 웃음이 비어져 나왔다. 어째선지 크게 웃고 싶었다. 배를 잡고 바닥을 구르고 싶었다. 나는 대신 고개를 들어 태주를 바라봤다. 그녀도 나를 바라봤다. 이어서 묵직한 쇠를 끄는 소리가 났다.

"다들, 있는 것도 그냥 없다, 없는 것도 있다 하고 사는 거죠."

태주가 희고 가는 손으로 내 손을 지긋이 붙잡았다. 그러고는 사뿐히 걸어 정현의 앞으로 나아갔다. 깍지 사이로 닿는 그녀의 검지에는 공방에서 만든 실반지가 끼워져 있었다. 묘한 뿌듯함이 피어올랐다.

어느새 내 손에는 투박한 회칼이 쥐어져 있었다. 오래전, 이모가 쓰던 것과 같은 회칼이었다. 나무로 된 손잡이는 본래 내 것이었던 것처럼 곡선으로 파인 부분이 손 모양에 딱 들어맞았다. 정현의 등 뒤로 간 태주가 그의 턱을 쥐고 뒤로 당겼다. 팽팽히 드러난 목이 내 시선을 사로잡았다. 나는 태주의 얼굴을 빤히 바라봤다. 그녀가 맑게 웃으며 물었다.

"괜찮아요?"

그 물음에 기이한 안정감이 느껴졌다. 나는 고개를 끄덕였다. 그건 무척 자연스러운 흐름 같았다. 또 다른 나 자신과 함께 있다는 착각이 피어올랐다. 나는 태주가 의도한 대로, 손에 들린 것을 높이 들어 올렸다. 그다음 행동에 거리낌은 없었다.

쫘직, 칼날이 단단한 것을 으깨는 소리와 함께 얼

굴에 뜨끈한 핏물이 튀었다.

나는 대가리가 잘린 횟감처럼 고개를 젖히고 죽은 정현을 응시했다. 태주는 주저앉아 한참을 끅끅이며 웃었다.

태주를 도와 시체를 옮겼다. 리조트 앞 소형차에는 네 구의 시체가 차곡차곡 쌓였다. 모든 일이 끝났을 땐 아침 해가 밝아 오고 있었다. 검은 숲을 뿌연 안개가 에워쌌다. 양손과 옷이 핏자국으로 가득했다.

크게 호흡하자 새벽 공기가 부어오른 목구멍을 청량하게 훑었다. 잠시 눈을 감자 전날 밤의 장면이 생생히 펼쳐졌다. 사방을 둘러싼 피 냄새와 손에 감기는 묵직한 감촉이, 비린 잔향이 떠오르자 오열 같은 숨이 터져 나왔다.

✠

정신을 차렸을 때, 나는 다시 내 차 안에 있었다. 얼굴은 꼭 누가 닦아 준 것처럼 깨끗했고, 기분은 상쾌했다. 주차장에 내 것 이외의 차는 없었다. 고개를 들자 백미러에 비친 내 얼굴이 보였다. 입을 크게 벌려 보았다. 검고 검은 구멍과 붉은 내부. 이물감은 없었다. 그 큰 가시가 빠졌다는 게 믿기지 않아 한참을 그러고 있었다.

나는 입을 다물고 온전한 내 얼굴을 바라봤다. 산발인 머리를 하나로 질끈 묶고 헝클어진 옆머리를 귀 뒤로 넘기자 묘한 것이 눈에 띄었다. 얼굴을 좀 더 거울 가까이로 가져갔다. 왼쪽 귓불에, 선명한 붉은 점이 찍혀 있었다. 핏자국이었다. 나는 그걸 빤히 보다가, 엄지손가락으로 가볍게 문질렀다. 멀리서 보면 구멍처럼 보였을 정도로 선명한 붉은 점은 쉽게 사라졌다.

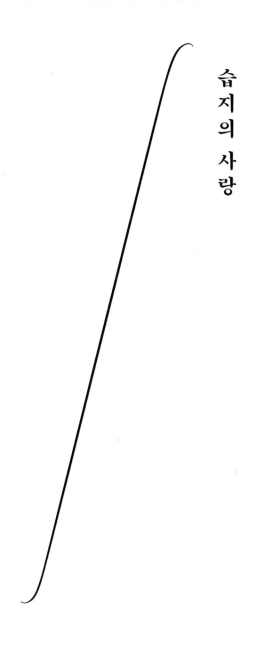

습지의 사랑

물은 자신이 어떻게 죽었는지 알지 못했다. 그런 걸 떠올리기엔 이미 너무 오랜 시간이 지났고, 이제 와서 굳이 알고 싶지도 않았다. 중요한 건 자신이 이미 죽었다는 사실이었다. 그리고 오늘도 물에 떠 있다는 사실이었다.

물귀신의 하루는 한가하고 지루하다. 찾는 이도, 알아보는 이도 없는데 하천 밖으로 나갈 수도 없으니 지루할 수밖에 없다. 물은 떨어지는 나뭇잎을 세거나, 못생긴 물고기들에게 인사를 하며 시간을 흘려보냈다. 그 정도가 할 수 있는 일의 전부였다.

"아, 지루하다."

그런 말이나 중얼거리면서.

가끔은 너무나 지루해서 차라리 이대로 흘러가 버렸으면 싶었다. 반짝이는 물결이 되어 여기에서 저기로, 저기에서 더 먼 곳으로 갈 수 있다면 이 무료함에서 벗어날 수 있을 텐데. 하지만 그런 일은 일어나지 않는다. 물은 몸에 힘을 빼고 고개를 쳐들었다. 산새 몇 마리가 무리 지어 하늘을 가로질렀다.

물이 스스로에 대해 아는 건 단 한 가지였다. 하천에 빠져서 죽었다는 것. 그래서 물귀신이 되었다는 것. 물귀신은 저가 죽은 하천 밖으로 나갈 수 없다고, 누가 정했는지는 몰라도 원래가 그렇다고 오래전에 물을 성불시키러 왔던 무당이 말했다. 그 순간에 느낀 무력감을 물은 선명하게 기억했다.

그러니까, 혼자 이 춥고 어두운 하천을 떠도는 것이, 이곳에서 붙박인 듯 꼼짝달싹할 수 없는 것이 그저 순리일 뿐이라고. 그냥 원래 그런 거라고. 원래, 원래에는 답도 이유도 없다. 억울하지도 않았다. 다만 우습고 허탈할 뿐이었다.

그때부터 쭉 이런 상태였다. 물은 아무것도 하지 않고, 둥둥 뜬 채로 하루를 보냈다.

생에 대한 미련과 분노를 드러내지 않으면 견딜 수 없었던 시기도 있었다. 아직 하천을 오가는 이들이 남아 있을 적의 이야기였다. 가끔 들르는 낚시꾼, 은밀한 곳을 찾아 흘러온 연인들, 어른들 말을 어기고 싶어서 안달 난 어린애들. 물은 그런 이들을 자주 골탕 먹였다.

눈만 빼꼼 내민 채로 다가가거나, 안개 낀 날 고요한 표면 위로 희끄무레한 손목을 흔든다거나, 물장구 치는 이들의 발목을 잡아 끌어내리면서. 사람들은 매번 놀라 도망갔다. 헐레벌떡 멀어지는 뒷모습을 볼 때면 증오와 부러움, 그 두 감정이 함께 찾아왔다. 자신의 영역에 멋대로 침입한 이들을 쫓아내고 싶다가도 발목을 붙잡고 가지 말라 외치고 싶었다. 장난은 짧았지만 외로움은 길었으니까.

그들이 부러웠고 그래서 얄미웠다. 어차피 그 둘은 한 끗 차이였다. 그리고 장난과 화풀이 역시 한 끗 차이였다. 물은 하천에 들르는 이들에게 장난인 척 화풀이를 했다. 사람들은 계속 도망갔다. 그러자 어느 순간부터 하천에 몹쓸 것이 산다는 소문이 돌았다. 사람들은 점점 하천을 멀리하기 시작했다. 귀신 들린 곳이라며 손가락질하다가 나중에는 발길조차 하지 않았다.

이제 가끔 들르는 이라고는 후줄근한 차림의 낚시꾼뿐이었다. 물은 더 이상 찾아오는 이들에게 장난을 치지 않았다. 한때 자신을 집어삼켰던 무시무시하고 시커먼 감정들은 진즉 강물과 시간에 희석되어 사라져 버렸다.

　대신 그는 이전보다 더욱 고요하게 흐르는 시간을 감당해야 했다. 물의 공백을 메운 건 대부분이 생각들이었다. 시간이 많아지면 생각이 많아지고, 생각이 많아지면 우울이 찾아들기 마련이다. 아주 나중에, 물고기들이 다 사라지고 하천이 말라붙은 후에도 계속될 삶을 상상하면 질긴 수초가 목을 조르는 듯한 갑갑함이 밀려오곤 했다. 그래서 언젠가부터 물은 생각도 많이 하지 않았다. 그냥, 수표면에 동동 뜬 채 떨어지는 나뭇잎을 세고, 흘러가는 구름을 보며 살았다.

　살랑이는 바람이 불어오자 물가에 우뚝 솟은 버드나무 가지가 느리게 춤을 췄다. 하천을 둘러싼 숲에서 날아온 마른 잎들이 물의 몸을 통과해 수면에 안착했다. 살아 있는 기둥에서 떨어져 나간 죽은 이파리들이었다. 물은 죽은 것들과 함께 한가로이 흔들렸다.

✠

　지루한 날들을 이어 가던 중에 숲을 만났다. 물은 떨어지는 낙엽의 수를 세고 있었다. 하천의 맞은편에는 야트막한 산이 있고, 그곳에서는 매일같이 낙엽이 불어왔다.

물가와 산의 경계에는 듬성듬성 소나무가 심어져 있었다. 해가 잘 들지 않는 곳이라 소나무들은 하나같이 기묘하게 굽었고, 나무 기둥은 검었으며 이파리는 뾰족했다. 어딘가 스산한 분위기를 내는 숲이었다. 걷기 편하라고 나무판자를 깔아 만든 산책로도 있었지만, 오고 가는 이는 없었다. 그곳에서 온 49장째 낙엽이 물 위로 떨어졌을 때였다. 문득 소리가 들려왔다.

"끼이익, 끼익. 끼이익."

소리는 낚시꾼의 콧노래처럼 일정한 운율을 가지고 울렸다. 물은 진득히 숲을 응시했다. 이 소리를 들은 적이 있었다. 못 자리가 헐거워진 나무판자가 밟혀 삐걱대는 소리. 아직 하천에 드나드는 사람이 있었을 적, 누군가 산책로를 거닐면 울리는 소리였다. 먼 곳에서 바람이 불어오자 나무들이 요란스레 울었다. 물은 조심스레 물가로 다가갔다.

"끼이익, 끼익, 끼이익."

소리는 점점 가까워졌다. 물은 수면 위로 양 눈만 빼꼼히 내민 채 소나무 숲을 바라봤다. 나무판자가 삐걱대는 소리와 수풀이 바스락거리는 소리가 번갈아 들려왔다. 이윽고 그 소리가 지척에서 들려왔을 때, 물은 구불구불한 소나무 기둥 사이로 훌쩍 나타났다 사라지는 그림자를 보았다.

"누굴까."

어른들 몰래 숲에 들어온 동네 꼬맹이일까, 아니면 길을 잃은 외부인일까. 어쩌면 그냥 고양이나 산짐승일 수도 있겠다. 가까워졌던 소리는 멀어졌다가 또 가까워지길 반복했다. 그림자는 보물찾기라도 하는 것처럼 어두운 숲속을 폴짝이며 배회했다.

물은 계속 소나무 숲을 응시했다. 숲속의 누군가는 쉽게 모습을 드러내지 않았다. 소리는 저 앞에서 들려오다가 순식간에 뒤쪽으로 옮겨 갔고 물이 뒤돌면 또다시 저 앞에서 들려오곤 했다. 저도 귀신인 주제에 귀신에 홀린 기분이었다. 물은 하루 온종일 소리를 따라다녔다. 갈수록 소리의 주인이 궁금해졌다. 어느새 노란 해가 산등성이에 걸렸다.

"덕분에 시간은 참 빨리 갔다."

물은 혼잣말을 중얼거리며 산책로가 끝나는 지점에 시선을 고정했다. 분주히 나다니던 누군가도 퍽 지쳤는지, 좀 전부터 소란한 움직임을 멈추고 삐걱대는 산책로를 걷고 있었다. 아마 곧 저 낡디낡은 나무판자

끝에 나타날 터였다.

물은 누군가를 반길 준비를 했다. 검은 머리를 반쯤 물에 띄워 놓고, 앙상하게 마른 손목을 삐죽 들어 올렸다. 이 상태로 손을 흔들면 사람들은 매번 놀라 까무러치거나 비명을 지르며 도망가곤 했다. 숲속의 누군가도 분명 자신을 보면 도망갈 것이다. 지금껏 자신을 반기는 이는 단 한 명도 없었다. 그러니까, 어차피 환영받지 못할 바에는 괴롭히자는 게 물의 생각이었다. 물이 아는 방법은 이런 것뿐이었다.

숲속의 누군가는 어떻게 생겼을까. 자신을 보고 어떤 반응을 보일까. 그런데 내가 어떻게 생겼더라? 물은 문득 자신의 얼굴을 본 지가 무척 오래되었다는 사실을 떠올렸다. 얼핏 고개를 숙여 하천 표면을 보았지만 이미 죽은 자의 얼굴은 보이지 않았다. 차라리 안 보이는 게 나을 수도 있었다. 분명 아주 흉측한 모양새일 것이다.

물은 다시 고개를 들어 올렸다. 그리고 그 순간, 소나무 너머에 몸을 숨긴 채 얼굴만 내민 누군가와 눈이 마주쳤다.

동그랗고 예쁜 눈이었다. 물은 순간적으로 몸을 굳혔다. 분명 눈이 마주쳤다. 그런데도 누군가는 도망가지 않고 그 자리에 서 있었다. 누군가가 점차 움직였다. 소나무 너머로 모습을 드러낸 그 애가 뚫어져라 물을 보고 섰다. 유리구슬 같은 눈이 얇은 눈꺼풀 너머로 사라졌다가 다시 나타났다.

물은 어째선지 무서워졌다. 저렇게 자신을 직시하는 눈빛은 너무 오랜만이었다. 어쩌면 유령이 된 후로 처음일지도. 공포에 떨거나 화를 내거나 욕을 지껄이지 않고 자신을 보는 눈빛은 정말로 처음이었다. 그런 시선에는 면역이 없었다. 차라리 누군가가 빨리 도망가 버렸으면 했다. 그래서 다른 사람들에게 했던 대로, 희고 마른 손목을 휘휘 흔들었다.

"도망가라, 도망가라."

숲속의 누군가는 도망가지 않았다. 아무리 팔을 흔들어도 그 자리에 있었다. 물은 울고 싶어졌다. 도망가기는커녕 오히려, 물만큼이나 앙상한 손을 들어 올리고는 물이 했던 것처럼 휘휘 흔들기 시작했다.

"안녕."

누군가가 말을 건넸다. 짐승의 울음소리나 잎사귀가 스쳐 나는 소리가 아닌 인사. 사람이 사람에게 건네는 인사였다. 물에게서 답이 없자, 누군가는 표정을 약간 찌푸리며 따져 물었다.

"인사하자는 거 아니야? 손을 흔들었잖아."

물은 당황스러워하며 답했다.

"안녕…."

그러자 누군가는 씨익 웃었다. 퍼석한 입술과 입술 사이의 입꼬리가 그리는 부드러운 곡선을 보니 갑자기 부끄럽고 창피한 기분이 밀려들었다. 물은 도망치듯이 하천 속으로 몸을 숨겼다. 머리카락 같은 수초들 사이로 들어가 못생긴 물고기들과 함께 몸을 웅크렸다. 얼마 지나지 않아 맨발이 흙을 밟는 소리가 났다. 삐걱대는 소리는 찬찬히 멀어졌다. 소리가 완전히 사라지고 난 후에 물은 슬며시 고개를 내밀었다. 아무도 없었다.

"다행이다."

물은 축축한 가슴팍을 쓸어내렸다. 그사이 해가 완전히 지고 어둠이 찾아왔다. 물은 다시 수초 사이에 몸을 뉘었다. 눈을 감아도 계속 숲속의 누군가가 떠올라 괴로웠다. 괴롭다니, 그게 이렇게 간질거리고 초조한 기분이었나? 물은 짧은 시간 스쳐 지나간 장면을 계속해서 재생했다. 그 시선, 손짓, 미소. 낯설고 간지럽고 이상한 것들. 그 애의 체구는 작았고 얼굴은 언젠가 낚시꾼이 먹던 빵처럼 희었다. 그리고 다 낡아 해진 교복 같은 옷을 입고 있었다.

"그 애는 누굴까."

누구길래 아무도 없는 숲을 그리 맴돌았던 걸까. 물론, 그간 하천에 불현듯 나타난 이가 그 애뿐인 것은 아니었다. 간혹 길을 잃은 이들이 들르기는 했으나 그들은 금방 돌아갔다. 이번에도 그럴지 모르는 일이었다. 물은 애써 웅성이는 마음을 가라앉히며 몸을 둥글게 말았다. 지금의 상태는 이상했다. 뭔가를 망치게 될 것 같은 기분이었다.

✠

다음 날에도, 그다음 날에도 숲속의 누군가는 계속 찾아왔다. 그 애가 찾아오는 시간대는 들쑥날쑥해서, 물은 평소처럼 둥둥 떠 있다가 발소리가 들리면 냅다 몸을 숨기곤 했다.

그러다 가끔은 갈대들 사이에 몸을 숨기고 몰래 그 애를 보았다. 그 애는 늘 산책로가 끝나는 지점에 엉덩이를 걸치고 앉아 뚱한 얼굴로 하천을 바라봤다. 양옆으로 산책로라고 적힌 표지판과 커다란 소나무가 장승처럼 서 있었다. 그 애는 단 한 번도 그 밖으로 나온 적이 없었다.

그 애는 항상 흙투성이였고 뚱한 얼굴로 혼잣말을 중얼거렸다. 자신이 하늘이나 숲을 보며 헛소리를 할 때도 저런 표정일까. 괜한 동질감에 가슴이 살랑였다. 메마른 나뭇가지가 물에게로 날아온 건 바로 그때였다.

"아야."

물이 머리를 감싸 쥔 채로 외쳤다. 킥킥, 작은 웃음소리가 들려왔다. 고개를 들었더니 그 애가 입을 가리고 웃고 있었다. 또다시 그 눈이었다. 물이 계속 도망치려고 했던 예쁘고 무서운 눈. 빠르게 물속으로 숨으려는 물의 낌새를 알아차렸는지 그 애가 외쳤다. 물에게 닿을 만큼 큰 목소리로.

"계속 나 보고 있던 거 다 알아. 숨기만 해 봐!"

그냥 고개만 처박으면 될 일인데 이상하게 꼼짝도 할 수 없었다. 물은 대답 대신 자신을 공격한 마른 나뭇가지를 들어 그 애에게 던졌다. 나뭇가지는 그 애의 발치에 떨어졌다. 그 애가 그걸 주워 다시 들어 올렸다.

이번에 물은 날아오는 나뭇가지를 붙잡았다. 그러자 그 애가 전처럼 씨익 웃었다. 텅 빈 가슴이 울렁였다. 그 애가 다시 저에게 던지라는 듯이 손짓했고, 물은 또다시 나뭇가지를 던졌다. 그렇게 해가 질 때까지 둘은 공처럼 나뭇가지를 주고받았다. 놀이가 끝났을 땐 팔이 아플 정도였다. 그 애가 거친 숨을 몰아쉬며 물에게 물었다.

"넌 계속 거기에 있는 거지?"

물은 고개를 끄덕였다. 그 애는 자리에서 일어나 엉덩이를 툭툭 털더니 이어 말했다.

"내일도 올게. 숨지 말고 인사해 줘. 알겠지?"

그러더니 처음 만났던 날처럼 손을 휘휘 흔들고는, 훌쩍 뒤돌아 어두컴컴한 숲 안으로 사라졌다. 물은 그 애가 사라진 자리와 손에 들린 나뭇가지를 번갈아 바라보았다. 창백한 얼굴에 미약한 홍조가 떠올랐다. 물은 그대로 물속에 처박혔다. 물이 사라진 지점에 기포가 보글거렸다.

수초 사이에 누운 물은 나뭇가지를 꼭 쥔 채로 그 애에 관해 생각했다. 내일 정말로 올까? 만약에 진짜 온다면, 뭐라고 인사를 해야 하나? 저번처럼 안녕이면 되나? 그러다 문득 그 애를 뭐라고 불러야 할지 고민했다. 언제까지고 '그 애'라고만 부르는 건 이상하고 불편하니까.

몸을 뒤척이며 곰곰이 생각하던 물은 결국 그 애

를 일단 숲이라 부르기로 했다. 왜냐하면 물에 사는 자신도 그냥 물이라고 불리기 때문이다. 원래 물에게는 이름이 없었다. 애초에 불릴 일도 없었다. 물이 물이라고 불리게 된 건 하천에 몹쓸 것이 산다는 소문이 돌기 시작했을 즈음이었다.

자잘한 사고들이 계속되자 마을 사람들은 무당을 불렀다. 색동저고리를 입은 무당이 물을 향해 아주 독하고 몹쓸 것이라 악담을 퍼부으며 춤을 췄고, 마을 사람들은 그 옆에서 손을 모으고 간절히 기도했다. 물이 사라지길 바라는 기도였다. 물도 그때 함께 기도했다. 이 하천에서 물이 사라지길 바라는 건 그 누구보다도 물 자신이었다.

굿판은 요란했지만 물은 성불하지 못하고 하천에 남았다. 마을 이장이 불렀다는 무당은 가짜였고, 무당과 이장은 마을 사람들에게서 걷은 돈을 사이좋게 나눠 가졌다. 이후로 마을 사람들은 물을 물에 사는 그것, 혹은 그냥 그것이라고 불렀는데, 그것이라는 지칭은 영 애매하고 찝찝하다는 이유로 언젠가부터 그냥 물이라고 싸잡아 부르게 되었다.

"저 물에 가까이 가지 마라."

"저 물은 불길해."

하천은 그렇게 버려졌다. 부르는 사람이 없어졌으므로 몹쓸 것이든, 그것이든, 저것이든 어떻게 불리는지는 다시 상관없어졌다. 게다가 물은 물이라는 이름이 나쁘지 않았다. 몹쓸 것보다는 물이 훨씬 부드럽고 다정한 느낌이었다.

다음 날 숲은 정말로 다시 왔다. 하루 종일 언제 숲이 올까 기다리던 물은 100번은 족히 연습한 대로 앙상한 손바닥을 가슴쯤에 대고 쫙 펼친 채, 느리게 흔들며 인사했다.

"안녕."

그에 숲이 환하게 웃으며 양팔을 흔들었다.

✠

해가 밝자마자 물은 수면 밖으로 고개를 내밀었다. 아직 적막한 새벽이었다. 숲은 늘 멋대로 왔다가 멋대로 가서, 언제쯤 올지 짐작할 수가 없었다. 수풀이 흔들리는 소리에 몇 번이나 눈을 동그랗게 떴지만 나타나는 건 번번이 산고양이나 들쥐 따위였다.

해가 지기 시작할 무렵이었다. 어둠 속에서 그림자가 다가오자 물은 저도 모르게 심호흡을 했다. 묵직한 발걸음으로 손전등을 가지고 나타난 건 숲이 아닌 낚시꾼이었다. 간만에 밤낚시를 나온 그는 자그마한 텐트를 치고 느긋하게 장비를 만지기 시작했다. 낚시꾼에게는 잘못이 없었으나 물은 괜히 짜증이 났다.

"오늘은 안 오려나 보다."

풀이 죽은 채로 애꿎은 갈대를 꺾고 있을 때였다. 미세하게 젖은 흙이 밟히는 소리가 났다. 그리고 다시 나무 삐걱대는 소리. 물은 반사적으로 고개를 쳐들었다. 낚시꾼은 기척을 느끼지 못했는지 할 일을 계속했다.

어둠 속에서 지저분한 몰골의 숲이 나타났다. 숲은 고개를 들어 물을 한 번 보고는, 아무 말도 없이 우울한 표정으로 털썩 주저앉았다. 그러고는 발끝으로 흙을 툭툭 차기 시작했다. 꼭 단단히 심통이 난 것처럼 보였다.

하루 종일 숲을 기다렸던 물은 당황했다. 늘 먼저 말을 붙이거나 시비를 거는 건 숲 쪽이었기에, 이런 경우에는 어찌해야 할지 몰랐다. 숲은 평소와 많이 달랐는데, 기분이 좋아 보이지 않는다는 건 확실했다. 물은 이대로 사라지는 게 좋을지 고민하다가 물가로 다가가 조심스레 나뭇가지를 던졌다. 숲이 소리가 나는 쪽을 보았다. 허공에서 시선이 부딪혔다. 숲이 잠긴 목소리로 말했다.

"오늘 기분이 안 좋아."

물이 손가락으로 낚시꾼이 있는 쪽을 가리켰다. 숲은 눈을 동그랗게 뜨고서 물이 가리키는 쪽을 바라봤다. 물이 숲의 눈치를 보며 물살을 갈라 낚시꾼 앞으로 다가갔다.

낚시꾼은 컵라면을 먹으며 콧노래를 흥얼거리고 있었다. 물은 수초를 그러모아 한데 뭉친 뒤, 그걸 낚싯바늘에 걸고 한껏 당겼다. 낚싯줄이 팽팽해지자 낚시꾼은 컵라면을 내려놓고 손잡이를 쥐었다. 물은 슬쩍 숲을 돌아보았다. 숲은 호기심 어린 눈을 반짝이며 물이 하는 행동을 보고 있었다.

신이 나서 낚싯줄을 당기던 낚시꾼의 얼굴이 파랗게 질렸다. 낚싯바늘에 걸려 드러난 수초 뭉치는 밤이라선지 꼭 풍성한 검은 머리칼처럼 보였다. 낚시꾼이 놀라 비명을 지르며 낚싯대를 집어 던지자 물은 이때다 싶어 그러모은 수초를 제 머리 위에 올리고 수면 위로 고개를 내밀었다. 낚시꾼은 그대로 다리가 풀려 우스꽝스럽게 넘어졌다.

물이 수초 뭉치를 한 번 더 흔들자, 낚시꾼은 그대로 용수철처럼 벌떡 일어나 줄행랑치기 시작했다. 장비나 컵라면 같은 것도 전부 그대로 둔 채로. 뒤쪽에서 숲이 크게 웃는 소리가 들려왔다. 청량하고 맑은 소리였다.

물과 숲은 멀어지는 낚시꾼의 뒷모습을 보며 웃었다. 특히 숲은 몇 번이나 휘청이는 모습이 우습다며 배를 잡고 웃었다. 사실 물은 그보다는 숲이 웃는 게 좋아서 함께 웃었다. 숲이 너무 웃은 탓에 흐른 눈물을 닦으며 물에게 말했다.

"덕분에 기분이 좀 나아졌어. 다음에 또 해 줄 수 있어?"

물은 수줍게 고개를 끄덕였다. 숲의 얼굴을 보니 좀 전보다 우울한 기색이 많이 가셨다. 물은 조심스럽게 물었다.

"그, 그런데 왜 우울했던 거야?"

"찾는 게 있는데 도저히 어디에 있는지 모르겠어."

"그게 뭔데?"

마음만 같아서는 숲이 찾는 걸 함께 찾아 주고 싶었다. 숲 혼자서 거닐기에 저 소나무 숲은 너무 어둡고 추워 보였다. 숲은 고개를 들고 물을 바라봤다. 그러고는 기분을 예측할 수 없는 이상한 표정을 짓더니, 입가에 검지를 붙여 놓고 고개를 죽 뺀 채 속삭였다.

"비밀이야."

그날 밤에는 나뭇가지 던지기 놀이를 하지 않았
다. 숲은 지쳐 보였고, 물 역시 묘한 기분에 사로잡혔
다. 둘은 실없는 이야기를 나누었다. 그마저도 밤바람
이 거세게 불어와 소리가 잘 전달되지 않았다. 숲은 아
침 해가 뜰 즈음에 자리에서 일어나 물을 향해 말했다.

"또 올게."

"응. 기다릴게."

숲은 뒤돌아 숲으로 사라졌다.

물은 어느 순간부터 하루 종일 숲을 기다리는 자
신을 발견했다. 숲이 없는 시간에도 숲이 보고 싶었다.
발소리가 나지는 않는지 늘 산책로에 귀를 기울였고,
수풀 스치는 소리가 나면 혹시 숲일까 싶어 누워 있다
가도 재빠르게 몸을 일으켰다. 함께 있다가도 숲이 이
제 그만 가야 된다며 일어설 때면 서운함이 밀려들었
다. 하천에서 나갈 수 없는 몸뚱이도 한없이 원망스러
웠다.

"숲은 늘 왜 그렇게 돌아다니는 걸까."

물은 갈수록 숲이 궁금해졌다. 궁금함은 갈증 같
아서, 물속에 있는데도 목이 말랐다. 녹조 낀 물을 마
구 마셨지만 소용없었다. 물은 이 갈증이 숲과 함께하

는 순간에만 가신다는 걸 알았다.

물은 폭우를 기다렸다. 물귀신이 땅을 밟을 수 있을 때는 비가 와서 하천이 범람할 때뿐이었다. 온갖 안 좋은 일들이 벌어지는 그런 날. 그런 날에는 어차피 다들 뭔가 선을 넘으므로 물도 물에서 나갈 수가 있었다. 숲에게 가기 위해서는 비가 필요했다. 하천이 범람할 정도로 많은 비가.

그렇게 계절이 갔다. 그사이 물과 숲은 매일 만났다. 물은 다가갈 수 있는 가장 얕은 곳까지 갔고, 숲도 나아갈 수 있는 가장 먼 곳까지 가서 서로를 보았다. 그럼에도 둘 사이의 거리는 멀었다. 유령의 목소리는 한없이 미약한 탓에 바람이 부는 날이면 아무리 외쳐도 서로의 말소리가 닿지 않았다. 숲은 여전히 검은 소나무 숲을 맴돌았고, 가끔 우울한 표정을 지었다.

✠

비는 갑작스럽게 왔다. 한 계절 내내 안개처럼 흩뿌려지기만 하던 것이, 갑자기 하늘에 구멍이 뚫린 듯 쏟아졌다. 수면이 요동치고 수위가 높아졌다. 마을에 울리는 대피 사이렌이 물의 귀에까지 닿았다.

물은 땅에 발을 디뎠다. 오랜만에 단단한 지반을 느끼며 소나무 숲으로 나아갔다. 물이 나아갈 때마다 축축한 궤적이 늘어졌다. 거칠고 퍼석이는 흙을 지나 매일 숲이 앉는 나무판자를 딛자, 솔 내음이 진동했다. 물은 큰 소나무와 산책로 표지판 사이에 섰다. 비에 젖은 소나무 숲은 평소보다 좀 더 짙었다. 그 사이에서 물은 숲이 자신을 보았던 것처럼 하천을 바라봤다. 하천에 무수히 많은 동심원들이 나타났다가 사라지고 있었다.

더 깊은 숲으로 들어가기 위해 발을 떼려는 찰나였다. 산책로 표지판의 뒤쪽에 붙은 종이가 보였다. 하천에서는 보이지 않는 반대 면이었다. 처음에 물은 그것이 부적인 줄 알았다. 노란 종이 안에 붉은 글자가 쓰여 있었기 때문이다. 자세히 보니 그건 부적이 아닌 전단지였다. 사라진 사람을 찾는 실종 전단지. 종이가 노랬던 이유는 오랜 세월에 색이 바랜 탓이었다.

이 영 / 1990년 8월 20일생 / 실종 당시 ○○고 교복에 노란 명찰.

물은 전단지의 사진을 바라봤다. 숲이 그 안에 있

었다. 안색은 바랬지만 눈을 접으며 웃는 얼굴은 그대
로였다. 물은 무심코 사진을 향해 손을 뻗었다. 그 순
간 등 뒤에서 목소리가 들려왔다.

"나 보러 온 거야?"

물은 화들짝 놀라 몸을 뒤집었다. 코앞에 숲이 있
었다. 너무 놀란 탓에 뒤로 넘어질 뻔했다. 숲이 어깨
를 들썩이며 웃는 사이 물은 몸을 물렸다. 젖은 소나
무에 등이 닿았다.

"하천에서 나왔구나."

숲의 맨발을 바라보던 물은 느리게 고개를 끄덕였
다. 검고 축축한 흙 위에 놓인 흰 발 두 쌍은 어딘가 이
질적으로 보였다. 흙투성이인 숲의 발과는 다르게, 녹
색의 수초가 족쇄처럼 감긴 자신의 발에는 드문드문
푸르스름한 이끼가 끼어 있었다. 숲이 갑자기 팔을 뻗
으며 다가왔다. 물은 눈을 질끈 감고 몸을 뺐다. 숲이
장난스럽게 말했다.

"맨날 봤으면서 놀라기는."

물은 눈을 떴다. 숲이 비에 젖은 전단지를 쫙, 쫙,
펴고 있었다. 이미 많이 닳은 전단지임에도 숲은 그것
을 아주 소중한 것을 다루듯이 대했다.

물은 민망해졌다. 하도 민망해서 바닥만 봤다. 폭

우에 젖은 흙에서는 비린내가 났다. 땅 위에서 숲을 만나면 하고 싶은 말이 많았는데, 막상 만나니 아무 말도 쉽게 나오지 않았다. 제대로 된 대화란 걸 한 지 너무 오래되어서 그런 걸까. 그에 비해 숲은 잘 떠들었다. 마치 내뱉을 곳이 없어서 꾹꾹 눌러 두었던 말들을 단숨에 뱉어 내는 것처럼 보였다.

"나는 매일 이 전단지를 보러 와. 숲 안 곳곳에는 어떤 표식처럼 이 전단지가 붙어 있어. 원래 지내는 곳은 더 깊어. 까맣고 추운 숲이거든. 그곳에서 나왔더니 네가 보인 거야."

숲이 자신을 발견해 줘서 다행이었다. 물은 고맙다고 말하려다가 영 이상한 것 같아 달싹이던 입을 꾹 다물었다.

"널 처음 보았을 때, 수줍음이 많을 거 같다고 생각하긴 했어. 하루 종일 물속에 숨어서 얼굴만 내놓고 있잖아."

맞는 말이라 딱히 할 말이 없었다. 물은 그저 가까이 들리는 숲의 목소리가 듣기 좋다는 생각뿐이었다. 숲이 고개를 갸우뚱하며 물었다.

"이제 네 이야기를 해 봐."

"난 해 줄 말이 없어. 그냥 저 하천에 사는 게 다야."

"그렇게 답할 줄 알았어."

한동안 어색한 침묵이 이어졌다. 숲이 다시 물었다.

"그럼, 있잖아. 넌 네 죽음을 기억해?"

물은 고개를 저었다. 숲은 너도구나, 라고 중얼거리고는 전단지를 가리켰다.

"나도 마찬가지야. 그래서 매일 이걸 보러 오는 거야. 나를 잊지 않으려고. 내 이름, 내 얼굴, 아마도 내가 죽었을 때의 나이, 그런 거. 알아 봤자 달라질 것도 없지만, 조금이나마 나를 덜 희미하게 하는 것들이니까. 결국엔 이렇게 널 만나기도 했고."

마지막 말에는 진즉 말라비틀어진 심장이 덜컹였다. 그런 물의 속을 아는지 모르는지, 숲은 혼잣말에 가까운 중얼거림을 계속했다. 물은 그 별것 아닌 말에 귀 기울였다.

"숲에서 나갈 수 없으니 아마도 숲에서 죽은 거겠지. 어쨌든 나는 세상에 존재했고, 지금도 이렇게 있어. 외롭고 축축하고 차갑지만, 나를 보는 이들보다 나를 보지 못하는 이들이 많지만, 그래도 있으니까."

숲이 물을 돌아보았다. 가느다란 시선이 허공에서 맞부딪혔다. 이영. 물은 숲의 이름을 속으로 되뇌었다. 이영. 이응이 두 개라 매끄럽게 발음되는 이름이었다.

숲과 잘 어울린다고 생각했다. 그러다가 어떤 충동으로 이영을 불렀다.

"이영."

숲이 물을 보았다. 큼지막한 눈이 깜빡였다. 물은 숲의 눈동자를 쫓았다. 숲의 눈동자는 이리저리 흔들리다가, 바닥에 닿더니 이내 다시 물을 향했다. 숲이 물었다.

"넌 이름이 뭐야?"

물은 죽기 전의 자신에 관해서는 기억나는 게 없었다. 숲처럼, 자신도 뭔가를 말해 주고 싶었는데. 물은 슬퍼졌다. 받은 만큼 돌려줄 수 없는 마음이 슬펐다. 물은 더듬거리다가 답했다.

"나는 잊어버렸어. 알려 줄 이름이 없어. 이름은커녕 얼굴을 본 지도 무척 오래돼서 내가 어떻게 생겼는지도 몰라."

그러자 숲이 답했다.

"없으면 다시 만들면 돼. 네가 누구인지 이름을 정하는 거야."

처음 듣는 말이었다. 너무 가슴 떨리는 말이어서 자신이 이런 말을 들어도 되는지 두려웠다. 물은 고개를 폭 숙였다. 숲에게 들은 말이 어딘가 부끄러웠고,

이럴 때에 어떻게 반응해야 할지를 몰랐다.

"이름? 내 이름?"

"응."

숲이 물의 어깨를 쥐고 저를 마주 보게 했다. 그무서울 만큼 곧은 시선에 물은 알았다고 답해 버렸다. 그러자 두려움은 설렘으로 바뀌었다. 숲이 곰곰이 생각하다가 말했다.

"여울은 어때?"

"여울?"

"네가 사는 저 하천, 여울목이라고 부르더라. 우리 장난에 당했던 낚시꾼이 그렇게 불렀어."

"여울."

마음에 들었다. 사실, 숲이 어떤 이름을 가져다 붙였어도 물은 마음에 들었을 것이다. 무엇보다 숲의 이름처럼 이응이 두 번이나 들어가는 게 마음에 들었다. 한 쌍 같았다. 물은 수줍게 좋다고 답했다. 숲이 물의 축축한 손을 잡고 말했다.

"다음에는 이름으로 서로를 부르는 거야."

점차 비가 잦아들었다. 물이 돌아갈 시간이었다. 폭우는 짧게만 느껴졌다. 수면 위에서의 시간은 아주 느리게 갔는데, 숲과 함께하는 시간은 너무 빠르게 갔

다. 물은 비가 쉬지 않고 계속 내렸으면 좋겠다고 생각
했다. 돌아서는 물을 향해 숲이 말했다. 늘 그랬던 것
처럼 희고 마른 손을 흔들면서.

"다음에는 내가 널 만나러 갈게."

✤

물은 자주 숲의 이름과 잃어버린 자신의 이름에
대해서 생각했다. 다음 만남에는 좀 더 많은 말을, 오
랫동안 나누고 싶었다. 숲이 매일같이 찾아 헤매는 게
무엇인지 궁금했고, 언젠가는 자신에게 말해 주길 바
랐다. 그날을 상상하자 계속되는 죽은 삶이 두렵지
않았다. 숲에 낯선 이들이 찾아온 건 바로 그즈음이
었다.

그들은 그동안 들르던 낚시꾼이나, 동네 노인이나,
길을 잃은 꼬마와는 많이 달랐다. 각이 잡힌 옷차림에
종이 뭉치를 들고 있었고 멍하거나 허하거나 당황한
표정이 아닌, 심각한 표정을 지었다. 화가 난 것하고는
좀 달랐다.

"골프장 부지를 생각하면 이 하천은 메우는 게 나
을 것 같습니다. 어차피 녹조로 물들어 쓰지도 않는

곳이고, 과거에 사고도 많았다고 합니다. 안전상의 이유로도 그냥 놔둘 수는 없죠."

"저 음침한 숲과 이 하천까지 합하면 꽤 견적이 나오겠군."

"일단 산을 밀죠. 지대가 높은 곳에는 펜션을 지어도 좋을 것 같습니다. 전망이 좋을 테니까요."

이해하기 힘든 말들이 오갔다. 난생처음 들어 보는 단어들로 점철된 대화에서 물은 몇 가지를 알아낼 수 있었다. 숲을 없앤다니. 자신과 숲이 사는 이 하천과 소나무 숲은 너무 당연하게 그 자리에 있는 것이어서, 언젠가 아예 사라질 수도 있다는 생각은 단 한 번도 해 본 적이 없었다. 물은 숲에게 물었다.

"저 사람들이 뭐라는 거야?"

숲은 멍한 얼굴로, 화가 난 듯이 답했다.

"들을 필요 없어. 다 개소리야."

그러나 그렇게 내뱉는 숲의 모든 신경은 기계 소리가 들려오는 검은 숲 안으로 향해 있었다. 주황색 포클레인이 들어선 날이었다. 둘은 더 이상 대화를 할 수 없었다. 유령의 얄팍한 음성은 기계음에 묻혀 버렸다. 아무리 크게 외쳐도 서로에게 닿지 않았다. 숲은 하루 종일 넋이 나간 것처럼 굴었다. 물은 불안해

졌다. 숲이 곧 사라질 것 같았기 때문이다. 어째서인지
는 모르겠지만, 그날의 숲은 무척 희미해 보였다.

　시끄러운 기계음과 함께 숲의 소나무들이 하나둘
잘리기 시작했다. 심각한 표정의 사람들은 계속 오갔
다. 숲이 늘 앉던 굽은 소나무와 산책로 표지판 사이
가 비게 된 지 거의 일주일째였다. 소나무들은 빠른 속
도로 줄어들었다. 나무가 뽑히거나 잘리고, 흙이 파헤
쳐졌다. 숲이 사라지고 있었다. 숲이 사라지면, 이영은
어떻게 되는 거지?

　이상하리만치 비가 없는 계절이었다. 회색빛 하늘
은 금방이라도 물을 쏟아 낼 것처럼 꾸물거렸으나, 결
국 안개비나 뿌리고 말 뿐이었다. 물은 두려웠다. 다
시는 이영을 보지 못하게 될까 봐. 이영이 잘려 나가
는 소나무들과 함께 사라졌을까 봐. 두려움은 분노로
표출되었다. 불길하다며 버릴 때는 언제고, 이제 와서
이 난리를 피우는 게 아니꼬웠다. 인간들이 원망스러
웠다. 이영이 사라진 것도 꼭 그들의 짓 같았다. 오랜
만에 느껴 보는 어두컴컴하고 불안정한 감정이었다.
그 칠흑 같은 구멍에 잡아먹혀 버리고 말 것 같았다.
이런 케케묵고 질척한 기분은 아주 오래전, 막 유령이
되었을 때나 겪었던 것이다. 산에서 떨어진 흙이 뒤섞

여 불길한 황톳빛을 띠는 하천의 한복판에서, 물의 까만 눈이 서늘하게 빛났다. 남자가 눈에 띈 건 바로 그때였다.

"네, 잘 진행되고 있습니다. 어제는 나무를 뽑느라 아주 진땀 뺐지 뭡니까. 여기 나무들은 뭐 이리 억센지. 조만간 공사를 시작할 수 있을 겁니다. 하천은 좀더 걸리겠지만요."

각이 진 옷을 입고 나타났던 남자였다. 그는 예전과 같은 차림에 노란 안전모를 쓰고 담배를 피우고 있었다. 담배 연기가 안개처럼 그의 주위를 맴돌았다. 통화를 마친 남자가 짧아진 꽁초를 아무렇게나 하천에 던졌다. 하천과 땅의 경계에는 그런 식으로 쌓인 꽁초들이 많았다. 물은 남자를 뚫어져라 바라보았다. 그리고 나아갔다. 경계로.

바람이 불지도 않았는데 하천이 넘실거렸다. 기묘한 기척을 느낀 남자가 하천을 바라봤다. 저에게로 다가오는 검은 형체가 보였다. 처음에는 수초인 줄 알았는데, 아니었다. 길고 까만 머리에, 창백한 얼굴, 퀭하고 까만 눈을 가진 무언가가 남자를 향해 헤엄치듯 다가오고 있었다.

남자는 뒷걸음질 쳤다. 도망치기 위해 몸을 물리

려 했으나 움직여지지 않았다. 물 밖에 있는데도 물속에 있는 것처럼 호흡이 턱 막혔고, 수초들이 양다리를 단단히 붙잡기라도 한 것처럼 꼼짝도 할 수 없었다. 남자의 눈이 비명을 질렀다. 수면 위로 수초가 휘감긴 앙상한 팔이 길게 뻗어 나왔다. 남자는 비명을 지를 새도 없이, 순식간에 하천으로 끌려들어 갔다.

물은 허우적거리는 남자의 발목을 쥔 손에 힘을 주었다. 발목이 우두둑 소리를 내며 기이한 각도로 꺾였다. 남자의 비명은 물속에 잠겼다. 남자가 발버둥 쳤다. 그 순간, 철퍽이는 소음 너머로 익숙한 웃음소리가 물의 귀를 간질였다. 물은 남자의 입을 틀어막고 다급히 수면 위로 얼굴을 내밀었다. 굽은 소나무와 표지판 사이에 이영이 있었다.

"이영."

물은 떨리는 목소리로 숲의 이름을 불렀다. 보고도 믿을 수가 없어서, 자신이 유령임에도 꼭 유령을 본 것 같은 기분에 휩싸였다. 정말로 이영이었다. 이영은 만난 지 얼마 안 됐을 때의 어느 날처럼, 앙상한 팔을 들어 흔들며 외쳤다.

"곧 갈게. 조금만 기다려!"

물이 고개를 끄덕이며 팔을 흔들었다. 그리고 이

영이 들을 수 있도록 큰 소리로 외쳤다.

"기다릴게."

그 말이 이영에게 온전히 닿았는지는 알 수 없었으나, 이루 말할 수 없이 벅찬 감정이 물을 집어삼켰다. 물의 머릿속은 이영을 조금이라도 웃게 해 주고 싶단 생각으로 가득 찼다. 물은 남자의 발목을, 손목을, 목을 수초로 휘감았다. 남자가 양팔을 마구 휘저을수록 질긴 수초들이 춤을 추며 살을 파고들었다.

남자는 가라앉았다가 떠오르길 반복하며 뜨거운 냄비 안의 개구리처럼 펄떡였다. 이영은 잘린 소나무 기둥 위에 앉아 킬킬 웃었다. 물은 이영을 마주 보며 환하게 웃었다. 그동안의 걱정과 불안들은 깔끔하게 자취를 감추었다. 회색빛 세상이 환해졌고, 황량해진 숲과 물가에 일렁이는 담배꽁초마저 아름답게 느껴졌다. 물은 이영이 뒤돌아 숲으로 사라질 때까지 손을 휘휘 흔들었다. 안녕이 아니라, 나는 여기서 기다리고 있겠다는 의미로.

다음 날 남자의 시체가 동동 떠올랐다. 그럼에도 산을 깎는 공사는 계속되었다.

물은 이영이 나타나기를 기다리며 하루 종일 산책로의 끝이었던 곳을 응시했다. 이제 표지판은 기둥이 꺾인 채로 아무렇게나 뉘여 있을 뿐이었다. 이영이 걷던 나무판자도, 전단지가 붙어 있던 나무도 전부 없어졌다. 이제는 끼익거리는 이영의 기척을 듣지 못할 것이다. 이영이 오더라도 알아채지 못할 수 있다. 그러니 두 눈을 똑바로 뜨고 있어야 했다. 이영을 놓치지 않도록. 시간은 지금까지 물이 거쳐 온 그 어느 시간보다 느리게 갔다.

어느 날 숲 안쪽에서 비명이 들려왔다. 하늘에 먹구름이 빼곡한 날이었다. 짙은 빛을 띤 하늘에서 마른 천둥과 번개가 일었다. 기계들의 소음이 일제히 멎었다. 먹이를 구하는 개미처럼 퍼져 있던 인부들이 비명이 들려온 곳으로 향했다. 누군가 외쳤다.

"여기, 시, 시체가! 시체가 있어요!"

사람들이 한데 모여 시체를 파냈다. 이영이 매일같이 거닐던 삐걱대는 나무판자 밑이었다. 물은 멀리서 그 모습을 바라봤다. 질척한 흙 사이에서 흰 백골이 나타났다. 이영의 옷과 비슷한 희고 검은 천 조각이 붙어 있었다. 물은 그것이 바로 이영이 찾아 헤매던 것이라는 걸 알았다. 물은 황급히 주위를 둘러보았다.

웅성이는 사람들을 비집고 이영이 걸어 나왔다. 이영은 흙투성이인 몸을 하고 다리를 굽혀 앉아, 한때 자신을 이루었던 뼈를 물끄러미 응시했다. 이영이 손을 뻗어 뼈를 쓸었다. 그러고는 그 안에서 노랗게 빛나는 물체를 꺼내 들었다. 이영이 고개를 들어 정면을 바라봤다. 물과 눈이 마주쳤다. 이영이 물을 향해 환하게 웃었다. 물도 이영을 보며 환하게 웃었다.

아침인지 저녁인지 구별되지 않을 정도로 짙어진 하늘에서 괴성이 울렸다. 물은 고개를 꺾어 위를 보았다. 이마와 콧잔등에 굵은 물방울이 부딪혔다. 곧 물의 주위로 점점이 원이 그려졌다. 차츰 거세지던 빗방울은 어느새 세상이 멸망할 것처럼 쏟아지기 시작했다.

모여들었던 사람들은 다시 뿔뿔이 흩어졌다. 이영의 뼈는 퍼런 방수포 천막 아래 외롭게 놓였다. 물은 입을 벌려 이영을 불렀다.

"이영."

물의 소리는 빗소리에 묻혔다. 비가 너무 거세서 시야마저 흐릿했다. 이영이 보이지 않았다. 그래도 불안하지 않았다. 왜냐하면 이영이 곧 온다고 말했으니까. 물은 범람을 기다렸다. 그리고 이영을 기다렸다.

✠

물이 단 한 번도 보지 못했던 규모의 어마어마한 폭우가 내렸다. 하천은 빠른 속도로 불어났다. 숲을 깎느라 한구석에 모아 두었던 흙과 뿌리째 뽑힌 나무들이 하천을 침범했다. 물의 세상이 넘실거렸다. 순식간에 불어난 물은 괴물처럼 주위를 삼켜 갔다. 그 광경을 보면서도 물은 이영을 생각했다.

번쩍, 시야가 희게 물들었다. 점멸 다음에는 괴성이 찾아왔다. 세상이 무너지는 소리가 났다. 수면이 흔들리고 바닥이 진동했다. 젖은 흙냄새가 물씬 쏟아졌다. 물은 젖은 육지에 마른 발을 댄 채로, 제게로 쏟아지는 흙더미를 바라봤다. 산이 흐르고 있었다. 그토록 높고 단단했던 산이 물처럼 흘렀다. 마을에서 사이렌이 울렸다. 사람들의 비명과 웅성임과 후회도 함께 물의 귀에 닿았다.

산사태입니다. 주민 여러분들은 모두 긴급히 대피를 하여 주시기…

방송은 지직이는 잡음과 함께 멎었다. 물은 느리게 눈을 깜빡였다. 곳곳에서 굴러떨어진 흙더미와 바위가 하천을 메워 갔다. 하천이 없어지면 물귀신은 어떻게 되려나. 사라질까? 그렇게 원하던 끝이었는데 반갑지 않았다.

　이영을 보고 싶었다. 쏟아지는 비와 흙과 돌 사이에서 물은 이영을 기다렸다. 이영은 분명 올 테니까. 빗줄기가 얼굴을 아프게 때려서 눈을 제대로 뜰 수가 없었다. 물은 힘겹게 눈을 떴다. 탁하게 흔들리는 시야 사이로 흰 손이 나타난 건 그때였다. 익숙한 목소리가 낯선 자신의 이름을 불렀다.

　"여울."

　이영의 목소리.

　"널 만나러 왔어."

　이영이 손을 뻗어 왔다. 물은 이영의 손을 붙잡았다. 앙상하고 앙상한 것들이 엉키니 그 연결은 꼭 작은 나무의 뿌리처럼 보였다. 흙에 반쯤 파묻혔던 몸이 두둥실 떠올랐다. 물은 이영의 가슴팍에 박힌 낯선 것을 바라봤다. 명찰이었다. 노란색 플라스틱에 이영이라는 두 글자가 새겨져 있었다. 이영은 그것을 빼내서 물에게로 내밀었다.

"네 거야."

물은 이영의 눈을 바라봤다. 그리고 이영이 건넨 이름을 받아 들었다. 이영도 물의 눈을 바라봤다. 흙과 비는 끝없이 쏟아졌다. 그것은 마을을, 하천을, 소나무 숲을, 물과 숲의 세상을, 물과 숲의 울타리를 모조리 뒤덮었다. 나무는 하천으로 구르고 하천은 마을을 침범했다. 지붕이 가라앉고 벽과 바닥에 붙어 있던 집기들이 물 위로 떠올랐다. 물은 세상이 뒤집히는 걸 보았다. 그리고 또다시 느리게 눈을 감았다 떴다. 이영은 여전히 그 자리에 있었다. 물은 있는 힘껏, 이영을 껴안았다. 이영도 여울을 껴안았다.

"보고 싶었어, 이영."

서로의 이름을 부르자 세상이 암전되는 듯했다. 소음이 가시고 평온한 침묵이 찾아왔다. 이제 하천도 없고, 숲도 없고, 마을도 없었다. 뒤집히고 뒤섞인 세상에서 여울과 이영은 서로밖에 남지 않았다는 듯이 몸을 붙였다. 세상이 어떻게 되든 말든 그런 건 하나도 중요하지 않은 것 같았다. 그들은 젖은 흙냄새에 파묻힌 채로 눈을 감았다.

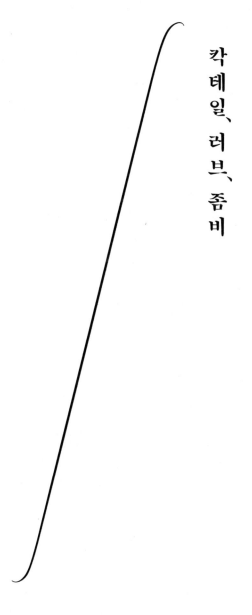

칵테일, 러브, 좀비

1

평소와 다름없는 일요일 아침이었다. 일단 겉으로 보기에는 그랬다. 김치콩나물국의 시큼한 냄새가 후각을 자극했고, 식기 부딪히는 소리가 간간이 울렸다. 주연은 애꿎은 밥알을 괴롭히며 맞은편에 앉은 엄마를 바라봤다. 국에 밥을 마는 손등에 푸르스름한 핏줄이 돋아 있었다.

"밥 안 먹고 뭐 해?"

엄마가 툭 물었다. 주연은 숟가락을 내려놓으며 되물었다.

"이 상황에서 멀쩡하게 식사하는 게 더 이상한 거 아니야?"

엄마는 김치를 집어 올리며 답했다.

"안 될 건 뭐니?"

주연은 사각형 식탁 앞에 앉은 아빠를 가리켰다. 창백한 안색의 아빠는 느리게 눈을 끔뻑이며, 빈 그릇에 헛숟가락질을 하고 있었다. 눈에 초점이라고는 없었고, 그의 주위에서는 은은한 쉰내가 풍겨 왔다. 주연은 화인지 두려움인지 모를 감정이 끓어오르는 것을 꾹꾹 눌러 참고서 침착한 목소리로 말했다.

"아빠가 지금 이상하잖아."

"네 아빠가 뭐?"

"좀비! 좀비가 되었다고. 엄마는 저게 산 사람으로 보여?"

엄마가 국을 말던 손짓을 멈췄다. 이제 보니 엄마의 밥도 전혀 줄지 않은 채였다. 엄마는 금세 시뻘게진 눈으로 말없이 주연을 노려봤다. 그사이에도 아빠는 허공에 헛손질을 할 뿐이었다. 달그락, 마른 숟가락이 도자기 그릇에 부딪히는 소리는 어딘가 평화롭게 느껴졌다. 엄마가 입을 뗐다.

"그럼 저게 살아 있는 게 아니면 뭐니? 술 마시고 첫차 타고 와서 하루 종일 처자다가, 새벽 축구 보고, 아침에는 밥 달라고 앉아 있는 게 네 아빠가 아니면 뭔데? 이 인간은 그냥 아픈 거야. 이러다 또 괜찮아져서 아무렇지도 않은 척…"

엄마는 말을 끝맺지 못하고 고개를 틀었다. 몇 번 깊게 심호흡을 하더니, 일어서서 식탁을 정리하기 시작했다.

"안 먹을 거면 주연이 너 나와. 당신도 일어나고."

그러고는 아빠에게서 숟가락을 확 빼앗았다. 아빠는 텅 빈 손을 지긋이 응시하다가 비척이며 안방으로 향했다. 그 짧은 거리에도 몇 번을 휘청였으나, 신기하게도 넘어지지는 않았다. 엄마는 식기들을 싱크대로 옮기며 혼잣말을 중얼거렸다.

"하여튼 망할 인간. 처먹고 쏙 빠지기는."

엄밀히 따지자면 아빠가 처먹은 건 없다. 좀비는 사람 밥을 먹지 못하니까. 허나 주연은 구태여 엄마의 말에 반박하지 않았다. 다만 엄마의 푸념에 맞장구를 쳤다.

"아빠가 염치없는 게 하루 이틀 일인가."

설거지를 도우려 했으나 엄마는 좁은 싱크대에 둘이 있으면 답답하다며 주연을 거실로 떠밀었다. 부엌에서 쫓겨난 주연은 소파에 앉아 텔레비전을 틀었다. 간밤의 사태에 관한 뉴스가 흘러나오고 있었다.

바이러스의 전염 방법에 대해서는 아직 발표된 것이 없으나 되도록 야외 활동을 피해 주시고…

구체적인 증상이나 감염 경로 같은 내용은 없었고, 간단한 주의 사항이 다였다. 아득한 심란함이 밀려왔다. 주연은 따뜻한 주말의 아침 햇살을 느끼며 앞으로 벌어질 일에 대해서 생각했다.

보통 좀비가 나오면, 세상은 망한다. 지금껏 주연이 보아 온 좀비 영화에서는 그랬다. 망하지 않으려면 인간이 아닌 수준의 정의감과 체력, 두뇌를 가진 히어로들이 백신을 찾아야만 하는데, 현실에 그런 히어로는 없다. 그러니 세상은 곧 망할 것이다. 세상이 망하지 않는다면 어쨌든 좀비가 나타난 서울, 그러니까 한국은 망할 것이다. 뭐… 한국이 망하지 않으면, 이것만은 확실하다. 우리 집은 망한다. 아니, 이미 망했다! 중학교 때 일기장을 펼쳐 보면 망했다는 말만 한가득인데. 아, 이게 중요한 게 아니지. 주연은 밑도 끝도 없이 흘러가는 생각의 흐름을 간신히 붙잡았다. 그리고 다시 차분히 상황을 정리했다.

어제, 서울 곳곳에서 좀비들이 출몰했다. 첫 번째 사례로 보고된 자영업자 B 씨는 병원 응급실에서 부인 C 씨와 의사를 공격하고 탈출하다가, 경찰의 총에 맞아 죽었다. B 씨의 몸에서 발견된 총알은 총 열두 개였는데, 주위의 목격담에 의하면 B 씨는 열두 번째 총알을 미간에 맞기 전까지 계속 움직였다고 한다.

이런 사건이 세 건이나 더 있었다. 그리고 지난밤, 주연이 학원 선생님들과 회식을 하고 돌아온 사이 하루 종일 숙취에 시달리던 아빠는 검은 피를 토했고 정신을 잃었다. 엄마가 119에 연락했으나 구급차는 오지 않았다. 주연이 잔뜩 취한 채로 집에 돌아왔을 때 아빠의 입술과 이는 새까맣게 변해 있었다. 어두컴컴한 거실에 핸드폰을 들고 홀로 앉아 있던 엄마는 멍한 얼굴로 한 마디를 내뱉었다.

"네 아빠가… 좀 아픈 거 같다."

그날 뉴스에 보도된 좀비들은 전부 사살되었다. 엄마는 아빠를 그런 식으로 보낼 수 없다고 말했다. 나라에서 뭐라도 조치를 취할 테니, 어떤 방안이 나올 때까지만 아빠를 데리고 있자는 게 엄마의 의견이었다. 주연은 동의했다. 누군가는 멍청하다고, 민폐라고 손가락질할 테지만 얼마 전까지 멀쩡히 살아 있던 가족을 사지로 내몰 수 있는 이가 과연 몇이나 있을까. 그게 아무리 원망스러운 가족이더라도.

아빠가 좀비로 변한 지 사흘째, 주연이 알아낸 사실은 하나였다. 좀비는 생전의 생활 패턴을 반복한다는 것이다. 아빠는 매일 아침, 저녁 밥때가 되면 식탁 앞에 앉아 먹지도 못하는 음식을 내놓으라며 시위를 했다. 보고만 있어도 속 터지는 광경이었다. 뭐, 좀비도 배가 고플 수 있겠지만 그렇다고 사람 고기를 가져다줄 수는 없는 노릇이니까.

"묶어 놓기라도 해야 될 거 같은데."

"묶어? 네 아빠를?"

엄마가 말도 안 되는 소리를 들었다는 듯이 되물었다. 주연은 한숨과 함께 머리를 마구 헝클었다. 제정신이 아닌 아빠를 엄마 혼자 감당하게 둘 수 없어 학원에 출근하지 않은 지 사흘째였다. 일단은 휴가 신청이 받아들여져서 급한 불은 껐지만, 앞으로 얼마나 버틸 수 있을지 몰랐다.

아빠가 좀비로 변해도 삶은 계속된다. 살기 위해서는 생활비가 필요했다. 엄마는 전업주부였고 주연은 입시 학원에서 일했다. 그럭저럭 오래 일했으나 안정적인 직장은 아니었다. 돈을 모아서 대학원에 진학할 계

96

획이었는데, 이제 어떻게 될지 모르겠다. 엄마가 밥을 푸며 텅 빈 목소리로 말했다.

"괜찮아, 괜찮을 거다."

괜찮지 않을 거다. 주연이 '우리 집은 망했다!'라고 생각했던 이유가 바로 여기에 있었다. 생활비, 아빠가 꼬박꼬박 벌어 오던 돈. 지긋지긋한 그놈의 돈 말이다. 주연이 학원에서 벌어 오는 돈은 딱 당장의 생활비 정도였다. 저축이나 노후 대비는 꿈도 못 꾸는, 2인 가족의 생존에 필요한 최소한의 금액. 어쩌면 그 최소에도 미달하는 금액. 학원을 때려치우고 어딘가에 취직을 한다 해도 기적적으로 대기업에 들어가지 않는 이상 벌이가 크게 나아질 것 같지는 않았다.

엄마는 무슨 생각일까. 집에 모아 놓은 돈은 얼마나 있지? 집 팔아서 사업이라도 해야 하나? 그러다가 망하면? 생각을 거듭할수록 까마득했다. 주연은 표정 없이 텔레비전에 시선을 고정한 채로 묵묵히 채널을 돌렸다. 모든 채널에서 비슷한 내용을 보도하고 있었다.

믿기 힘든 좀비 사태가 발생했습니다. 현재 1차 감염자의 수는 확인되지 않았으며, 국민 여러분의 신속한 대처와 도움이 필요한 실정입니다. 좀비 신고는 999, 꼭 기억해 주시기 바랍니다.

아빠의 감염 이후로 사흘 만에 좀비에 대한 정식 기사가 났다. 아직까지도 감염 경로는 밝혀지지 않았다. 뉴스를 보면 살벌한 방역복을 입고 여기저기를 막 누비는 것 같은데, 막상 제대로 나오는 정보는 없었다. 영화에서는 감염이 시작되면 곧바로 쑥대밭이 되던데, 이 바이러스는 힘이 약한 건지 뭔지 아파트 베란다로 내려다보이는 풍경은 평화롭기만 했다. 사이렌 소리가 좀 자주 들리고, 무장한 경찰들이 늘어난 걸 빼면 세상은 여전한 것 같았다.

그새 밥시간이 되었는지 안방에서 아빠가 걸어 나왔다. 주연은 썩어 가는 아빠를 응시했다. 텅 빈 그릇을 앞에 둔 파들거리는 숟가락질은 애처롭기까지 했다. 그 초라한 모습이 생전과 그리 다르지 않아 보여서 주연은 잠시 저 사람이 정말로 죽은 게 맞을까, 하고 의심했다.

아빠는 그 밖에도 생전의 여러 행동 패턴들을 반복했다. 주말이라 4시까지 낮잠을 잤고, 하릴없이 리모컨을 눌러 댔고, 가끔은 책을 꺼내 거꾸로 들기도 했다. 제일 힘든 건 평일 아침이었다. 아빠는 엉성하게 양복 재킷을 걸치고, 출근하기 위해 안간힘을 썼다. 주연과 엄마는 새벽같이 일어나 골프채와 헬멧, 밧줄로 무장을 하고 아빠의 출근을 막았다. 아침마다 전쟁이 벌어졌다.

발악을 하는 아빠에게 물릴 뻔한 적도 있었다. 인터넷 안에는 2차 감염 괴담들이 사실인 양 돌았다. 주연은 허구한 날 "2차 감염이 된다면 자살하는 게 나을까요?" 따위를 검색하며 원치 않았던 휴가를 보냈다.

✠

사건은 감염 일주일째가 되는 토요일 아침에 터졌다. 허기짐이 극에 달한 것인지, 아빠가 평소처럼 부엌을 정리하던 엄마를 물어뜯으려 한 것이다. 마침 화장실에서 나온 주연이 의자를 집어 던졌으니 망정이지 조금이라도 늦었다면 큰일 날 뻔한 상황이었다.

주연이 던진 의자에 허리를 가격당한 아빠는 한동안 제대로 일어서지 못했다. 주연은 다용도실에서 밧줄과 테이프를 꺼내 온 다음 엄마에게 말했다.

"안 되겠어. 묶어 둬야 해. 어쨌든 저건 우리가 알던 아빠가 아니잖아, 엄마. 언제 다시 공격할지 몰라.

좀비에게 물리면 대부분 좀비가 된다고. 엄마도 〈월드 워 Z〉 봤지?"

"······."

아빠에게서 나는 악취는 향초와 환기로는 어찌할 수 없을 정도로 심해지고 있었고, 좀비가 된 후로 무엇 하나 섭취하지 못한 아빠는 갈수록 포악해져 갔다. 뉴스는 백신에 관해선 감감무소식이었다. 주연은 엄마의 손을 잡고 나지막이 말했다.

"엄마. 정신 차려야 해."

엄마가 한숨과 함께 고개를 끄덕였다.

그날 저녁, 엄마와 주연은 밧줄의 끄트머리를 쥐고서 아빠가 부엌 테이블에 앉기를 기다렸다. 노을에 그림자가 길어지는 시간이었다. 아빠는 어김없이 비척비척 걸어 나와 의자를 빼고 앉았다. 그러고선 엉성하게 젓가락을 쥔 채, 텅 빈 접시를 헤집었다. 그 손길이 안쓰럽다는 생각을 하며 주연은 아빠 위로 밧줄을 올렸다. 굵은 밧줄이 순식간에 상체를 휘감자 아빠는 덫에 걸린 짐승처럼 몸부림쳤다. 주연은 등산 동아리에서 배운 손놀림으로 빠르게 매듭을 지었다.

작업이 다 끝났을 때는 엄마와 주연 둘 다 땀에 푹 절어 있었다. 의자 등받이에 상체가 묶인 아빠는 납치

된 인질 같아 보였다. 그 와중에도 젓가락만은 손에 꼭 쥐고 있었다. 주연이 단호하게 젓가락을 빼내며 말했다.

"어차피 못 먹을 거면서 이런 건 왜 쥐고 있어?"

"으아, 으아."

아빠가 몸을 들썩였다. 주연은 아빠의 텅 빈 눈을 마주 보며 나지막하게 말했다.

"미안해, 아빠. 하지만 어쩔 수 없어. 아빠 먹이자고 살인을 할 수는 없잖아. 배고파도 참아 봐. 뭔가 방법이 나오겠지."

말은 그렇게 했지만, 방법이 나올 기미는 보이지 않았다. 애초에 이미 심장이 멈춘 사람을 살리는 백신은 있을 수 없었다. 머릿속에 '좀비 신고 999'가 떠다닌 지는 꽤 되었다.

꽁꽁 묶은 아빠를 의자째로 안방에 집어넣고서 주연과 엄마는 텔레비전을 켰다. 요즘 들어 텔레비전을 보는 시간이 늘어났다. 꼬박꼬박 챙겨 보던 주말 드라마가 결방되고, 긴급 뉴스 속보가 떴다.

좀비 바이러스의 감염 경로가 밝혀졌습니다. 강남의 한 국밥집에서 발견된…

아빠는 도대체 어쩌다가 좀비가 되었을까? 주연은 사실 이 부분이 제일 궁금했다. 그날 아빠는 지극히 평범한 하루를 보냈으니까. 그 평범한 하루란, 퇴근 후 직장 동료 몇몇과 1차로 고깃집, 2차로 노래방, 3차로 호프집, 그리고 첫차가 뜨기 직전 해장을 위해 동창이 하는 단골 국밥집에 들렀음을 의미했다. 아빠는 술을 좋아하고 고집불통이고 가부장적이고 의사소통이 잘 안되는 인간이었으나, 크게 사고를 친 적은 없었다. 아 빠는 그야말로, 가정 밖에서는 건실한 사회인인 반면 가정 안에서는 제왕처럼 군림하는 전형적인 50대 중 후반의 경상도 출신 제약회사 직원이었던 것이다.

그게 문제였나? 아빠가 다닌 회사가 제약회사였다 는 것. 원래 좀비 바이러스라는 게 그런 식으로 퍼져 나가는 것이 아닌가. 제약회사들의 악한 음모로 전 세 계가 아비규환을 맞이하는 아포칼립스 영화를 지금 당장이라도 몇 개는 댈 수 있을 것 같았다.

하지만 그런 것치고는 전염성이 많이 약하다. 게다 가 아빠가 아무리 회사에 오래 근무했다고 해도, 좀비 바이러스 같은 치명적인 개체를 연구하고 다룰 만큼 높은 직급은 아니었다. 아빠는 심지어 영업 직원이었 는데.

도저히 원인이 무엇인지 감이 잡히지 않았다. 그날의 아빠는 정말, 밤이 새도록 술에 취해 있던 것 말고는 특이 사항이 없었다.

좀비 사태의 원인이 다름 아닌 국밥집에서 제공한 뱀술인 것으로 밝혀졌습니다. 야생 파충류의 몸에 기생한 변형 기생충이 알코올 섭취자의 신체를 감염시켰다는 것이 정부의 발표 내용입니다. 시청자분들께서는 당분간 뱀술과 같은 담금주 섭취를 삼가 주시기 바랍니다. 이어서 10시에 보건 당국의 정식 브리핑이 있을 예정입니다.

그런데 그 술이 문제였다. 주연은 황당함을 감추지 못하고 뉴스 속보를 바라봤다. 흔들리는 카메라 화면이 국밥집 마룻바닥을 구르는 투명한 병을 비췄다. 항아리처럼 커다란 병의 안쪽에는 모형처럼 느껴지는 커다란 뱀이 몸을 구기고 있었다.

살아 있는 뱀을 담가 만든 술. 그러니까, 뱀술. 웃으면 안 되는 상황인데 계속 실소가 비어져 나왔다. 엄마의 반응도 크게 다르지 않아 보였다. 속보를 보던 모녀는 서로를 마주 보며, 하하… 하고 웃었다. 결국은 그놈의 술 때문에 이 사달이 났다는 말이었다.

엄청 오래 산 구렁이의 몸에 기생하던 기생충이, 오랜 시간 알코올 안에서 죽지 않고 진화해서 술을 마신 사람들의 뇌를 파먹었다고 했다. 감염자의 머리에 똬리를 틀고서 장기들을 썩게 만들고 머리는 텅 빈 좀비로 만들었다고. 저보다 수백 배, 수천 배는 큰 몸집을 가진 생명체를 조종한다고.

언젠가 뱀으로 술을 만드는 과정에 대한 다큐를 본 적이 있다. 뱀의 정기가 알코올에 제대로 깃들어야 하기 때문에, 꼭 산 채로 항아리에 집어넣어야 한다는 내용이었다. 아빠는 어쩌자고 그런 끔찍한 걸 받아 마신 걸까? 부질없는 원망을 반복하다 보니 주연은 불쑥 억울해졌다. 늘 사고를 치는 건 아빠인데, 왜 괴로운 건 엄마와 자신인지.

주는 술은 거절하지 않는다. 그건 아빠의 평생을 지배한 신념이었다. 아빠는 일주일에 반은 취해서 들어왔고, 사춘기의 주연은 주는 술을 받아 마시다 보니 그렇게 되었다는 아빠의 말을 이해할 수가 없었다.

"주는 술을 왜 다 마셔! 적당히 마시고 거절해야지."

"살다 보면 어쩔 수 없는 일이 있다. 너도 크면 알 게 될 거야."

아빠가 뱀술을 받아 마신 것도 살다 보니 겪은 어쩔 수 없는 일이었을까? 아무리 생각해도 그건 아빠의 핑계에 불과했다. 아빠는 핑계를 대지 않은 적이 없다. 잘 알지도 못하는 주식으로 돈을 날렸을 때도, 일주일 만에 외출한 엄마를 보고 남들 앞에서 여편네 팔자 좋다고 비아냥거렸을 때도, 울면서 화내는 엄마에게 가족 여행 가서 사 온 코끼리 목상을 던졌을 때도, 웬 여자의 전화번호를 친하지도 않은 큰 고모부 이름으로 저장해 놓은 걸 들켰을 때도 그랬다. 주연은 말을 잃은 아빠를 향해 속으로 말했다. 아빠가 하던 말의 결과를 봐. 좀비가 되었잖아.

뉴스 속보의 마지막 장면은 국밥집에서 발견된 뱀술과, 뱀술 안에 살았다는 기생충의 현미경 확대 사진이었다. 주연은 멍하니 조금씩 움직이는 기생충들을 바라봤다. 머리카락처럼 얇은 기생충의 표면에 저리 다양한 세포들이 꿈틀대고 있다는 게 신기했다. 저렇게 작은 애들도 진화라는 걸 하는데, 살아 보려고 변하는데. 우리는 왜 지금껏 그대로였을까.

텔레비전을 끄자 안방에서 낑낑대는 소리가 들려

왔다. 그 소리에 소파에서 자던 엄마가 깼다. 엄마는 누운 자세를 바꾸며 중얼거렸다.

"네 아빠가 또 배고픈가 보다."

✠

학원 수업은 오후 6시에 시작해서 오후 10시에 끝난다. 주연은 아빠를 묶은 밧줄을 더욱 꽉 동여매었다. 그럼에도 안심이 되지 않아 미리 인터넷으로 구매해 둔 수갑을 채웠다. 엄마는 무슨 생각인지 멍한 얼굴로 하루 종일 집 안에 우두커니 앉아 있을 뿐이었다. 더 이상 밥을 차릴 필요가 없는데도 엄마는 밖에 나가지 않았다. 문득 답답해진 주연은 도망치듯이 집에서 나왔다.

거리에는 사람이 없었다. 반면 도로는 짧은 거리도 차로 오고 가려는 사람들로 혼잡했다. 주연은 일찍 나온 김에 그냥 학원까지 걷기로 했다. 새삼스레 이런 상황에도 휴원하지 않는 입시열이 대단하다 싶었다. 도착하자마자 원장을 찾아가 특강 풀타임을 하겠다고 미리 말했다. 특강 기간에는 늘 손이 부족하기 마련이라 원장은 선뜻 알겠다 답했다.

수업 중간에 잠시 소란이 일었다. 속보 때문이었다. 국밥집의 최초 감염자들 파악을 끝냈고, 오늘 밤 11시에 2차 감염에 대한 연구 결과를 발표하겠다는 내용이었다. 아빠는 분명 그 목록에 포함되어 있을 것이다.

정부에서 사람들이 올까? 아빠를 내줘야 하나? 인터넷에 떠도는 괴담들 중에는 정부에서 백신 개발을 위해 감염자들을 데리고 생체 실험을 한다는 이야기도 있었다. 주연은 아예 허무맹랑한 소리는 아니라고 생각했다. 그만큼 지금 상황은 오리무중이었다. 주연은 잠시 눈을 감았다. 먹은 것도 없는데 속이 더부룩했다.

갈 때도 올 때와 마찬가지로 걸어서 갔다. 밤 10시의 학원가는 자식들을 픽업하는 부모들의 차량들로 사방이 빼곡했다. 곳곳에서 피곤과 투정과 염려와 애정이 섞인 말소리가 들려왔다. 무수히 많은 가정의 다양한 소리들. 어떤 소리는 성적을 물었고, 어떤 소리는 칭찬을 했고, 또 어떤 소리는 돈 이야기를 했다.

주연은 자신에게 가족은 무엇이었는지 생각했다. 아빠를 사랑했나? 사랑했다. 하지만 사랑하기만 하지는 않았다. 엄마를 함부로 대하고 고집불통이고 자기 이야기만 맞다고 주장하는 그가 꼴 보기 싫었던 적도 많았다. 사실 싫은 기억이 더 많았다. 엄마도 마찬가지였다. 엄마를 사랑하지만, 아빠와 함께 사는 엄마를 정말이지 이해할 수 없었다. 가끔은 한심하게 느껴지기도 했다. 아빠로 인한 스트레스를 자신에게 풀 때면 아빠와 마찬가지로 싫었다.

그러면서도 앞에서는 적당히 웃었고, 그들이 주는 돈으로 생활하고, 대학을 다녔다. 가끔은 사랑한다고도 말했다. 주연은 그들이 누구보다 자신을 사랑한다는 사실도 알았다. 그래서 때때로 자신조차 싫어졌다. 결국 그 모든 증오의 밑바닥에 깔린 건 애정이었다.

모든 가족들이 이럴까? 증오 없이 사랑만 하는 가족 따위는 텔레비전에나 나오는 거 아닌가? 그런 건 다 가식이다. 적당한 가식이 세상을 유지시킨다는 걸 안다.

차가운 밤공기를 마시며 걸으니 정신이 좀 맑아지는 것 같았다. 멀리 엄마와 좀비가 된 아빠가 사는 아파트가 보였다. 거실의 어렴풋한 불빛이 새어 나오고 있었다. 아직 엄마가 잠들지 않은 모양이었다. 주연은 심호흡을 한 뒤 엘리베이터 버튼을 눌렀다. 이제 그 가식을 끝낼 때였다.

현관문을 열자 향초의 꽃 향과 안방에서 흘러나오

는 시큼한 악취가 뒤섞인 기묘한 냄새가 코를 찔렀다. 하루 종일 밖에 있었던 탓에 그 냄새는 더욱 강하게 다가왔다. 엄마는 어둠 속에 텔레비전만 켜 놓은 채로 덩그러니 앉아 있었다. 나갈 때와 마찬가지인 모습이었다. 주연은 그 무기력한 모습 앞으로 다가가 말했다.

"엄마. 우리, 아빠 보내 주자."

엄마는 멍하니 리모컨을 만지작거리기만 할 뿐이었다. 주연은 엄마의 손에서 리모컨을 빼내 시끄럽게 떠들어 대는 텔레비전의 전원을 껐다. 주위의 소음이 사라졌음에도 엄마의 목소리는 무척 작게 들렸다.

"나는… 모르겠다."

"엄마."

"네 아빠 없이 어떻게 사니."

"우린 우리 살길을 찾아야 해."

엄마가 말없이 주연을 응시했다. 주연은 지끈거리는 이마를 붙잡고 말했다.

"오늘 속보 봤지? 곧 아빠 상태를 확인하러 공무원들이 들이닥칠 거야. 그럼 어차피 아빠는 끝이야."

엄마가 탄식 같은 한숨을 내쉬었다. 그리곤 울음을 참는 듯한 목소리로 말했다.

"무서워, 주연아. 저 막돼먹은 인간 없이 사는 게."

"어쩔 수 없잖아."

"어쩔 수 없지. 그렇지."

엄마는 수긍하듯이 고개를 주억거리다가, 주연을 빤히 올려다보며 덧붙였다.

"가끔 보면… 넌 저 인간을 닮긴 했다."

거실에는 끔찍한 침묵만이 돌았다. 엄마가 손으로 얼굴을 마구 문질렀다. 주연은 멍한 얼굴로 엄마의 앞에 앉았다. 얼마를 그러고 있었는지 모르겠다. 엄마가 북받친 감정을 홀로 추스르고는 됐다, 하고 운을 떼었다.

"너 일 나간 사이에 전화 왔었어."

"누구한테?"

엄마가 핸드폰을 꺼내 들이밀었다. 액정에는 주연도 몇 번 만난 적이 있는 아빠의 회사 동료 이름이 떠 있었다.

"퇴직금 주겠대. 원래보다 더 얹어서. 주위에서 말 나오기 전에 병사나 사고사로 조용히 정리하자더라."

"퇴직금…."

"이 이상 잡음 날 일 없게 하자고. 뭐 뻔하지. 감염자들이 전부 회사 사람들이어서, 지금 난리랜다. 하필 제약회사라 헛소문들로 시끄럽다고."

주연은 익숙한 이름 아래 첨부된 이미지를 눌렀다. 명함을 찍은 사진이었다. 빨간색 이미지 안에 촌스러운 고딕체로 쓰인 글자가 눈에 띄었다.

좀비 처리해 드립니다. 죽음부터 화장까지 한 번에!
―Z 장의사

"이게 뭐야?"

주연이 얼빠진 목소리로 묻자, 엄마는 허탈한 목소리로 답했다.

"뭐겠어. 여기 불러서 처리하라는 거지, 네 아빠."

이 역시 인터넷에서 본 적 있었다. 감염자의 가족을 대상으로 장사를 하는 치들이 있다고. 정부에 넘기면 시체도 받지 못한다는 소문은 공공연한 사실이었고, 좀비가 되어 버린 가족의 시체를 보전하고 싶어 하는 이들이 주로 이용한다고 들었다. 엄마가 중얼거렸다.

"한평생 뒤치다꺼리해 준 인간, 죽음까지도 떠먹여 줘야 하나 싶더라. 오늘 무슨 발표 한다고 하지 않았어? 텔레비전 틀어 봐."

엄마의 눈동자 주위로 실핏줄이 유독 도드라져

보였다. 바닥에 뒹굴던 리모컨을 주워 건네자, 엄마는 손톱 끝에 피가 몰릴 정도로 힘주어 전원 버튼을 눌렀다. 문득 엄마가 아주 오랜 세월을 이렇게 보내 왔을 거란 생각이 들었다. 순간순간 끓어오르는 감정들을 있는 힘껏 억누르면서.

텔레비전에서 브리핑 현장이 흘러나왔다. 연구복을 입은 이들 열댓 명이 주욱 앉아 있었고, 그중에서 제일 나이가 많아 보이는 이가 걸어 나와 단상 앞에 섰다.

1차 감염자에 의한 2차 감염 확률은 정확히 50%로, 감염에 따로 영향을 주는 요소들은 전무한 것으로 밝혀졌습니다. 바이러스는 1차 감염자의 치아에서 분비된 균이 비감염자의 혈액과 섞일 경우 반응하며 이후 경과로는 입술과 이가 검게 물드는 현상이 보입니다. 이러한 현상을 목격하셨을 경우 신속히 좀비 신고 999로 연락을 취해 주시길 바랍니다.

어려운 단어와 그래프로 이런저런 설명을 했지만, 결국 요약하자면 그런 내용이었다. 이후로 백신에 관한 질의응답들이 이어졌다. 브리핑은 백신 개발과 함께 감염자 격리에 힘쓰겠다는 의지를 밝히는 것으로 끝났다. 엄마는 텔레비전을 끄고, 거실에 이불을 깔며 말했다.

"내일 아침에 거기 전화해 봐."

이불을 뒤집어쓰고서 옆으로 돌아누운 엄마는 엄마처럼 보이지 않을 만큼 아주 작았다. 아빠가 안방을 차지한 후로, 주연과 엄마는 거실에서 함께 잤다. 주연은 엄마도 잘 때 이를 간다는 사실을 아빠가 좀비가 된 후에야 알았다.

3

"아니, 말이 다르잖아요!"

저희도 위쪽 결정이라 어쩔 수가 없습니다. 번복한 건 굉장히 죄송하게 생각합니다만, 이미 정해진 사안을 바꿀 수는 없습니다.

주연은 신경질적으로 통화를 끊었다. 더 이상 들었다간 험한 말이 튀어나올 것 같았다.

"규정에 있는 퇴직금 말고는 못 주겠대. 어차피

1차 감염자 다 공개됐고, 정부 쪽에서 알아서 처리할 텐데 더 퍼 줄 필요 없다는 거지."

아침 일찍 아빠가 다니던 회사에서 전화가 왔다. 회사는 하루 만에 규정상의 퇴직금 이상은 줄 수 없다며 말을 뒤집었다.

처음에는 퇴직금이 얼마든 상관없다고 생각했지만 처리 업체에 견적을 묻고 나니 마음이 완전히 바뀌었다. 돈이 필요했다. 생각 이상으로 비용이 너무 비쌌던 것이다. 결국 정식 업체가 아닌 개인 사업자를 뒤져야만 했다. 가까스로 예산에 맞는 한 곳을 찾긴 했으나, 그곳은 도구를 제공하고 장례를 도울 뿐이니 처리는 직접 해야 한다는 조건을 달았다.

주연은 초조하게 들어올 돈과 나갈 돈을 계산했다. 아빠가 회사를 다닌 세월이 있으니, 본래 퇴직금만으로도 의뢰야 할 수 있었지만 그 이후가 문제였다. 남게 될 돈은 무언가를 다시 시작하기엔 너무 적었다.

안방에서 괴성이 들려왔다. 허기짐이 극에 달한 아빠는 날로 흉포해졌다. 아래층에서 층간 소음 문제로 찾아온 적도 여러 번이었다. 이대로 둘 수는 없었다. 주연은 복잡한 얼굴로 중얼거렸다.

"어떡하지?"

대답을 원한 물음은 아니었다. 심란함에서 우러나온 투정에 가까웠다. 말없이 주연을 응시하던 엄마가 불쑥 자리에서 일어나 부엌으로 향했다. 찬장 안쪽을 한참 뒤적이던 엄마는 다시 돌아와 주연에게 뭔가를 내밀었다. 통장이었다.

"비상금 모아 두던 거야. 너 결혼이라도 하면 보태려고. 일단 이거 쓰고 퇴직금이랑 나중에 나올 보험금은 아껴 두자."

주연은 엄마가 건넨 통장을 빤히 바라봤다. 사실 금액 같은 건 머리에 들어오지도 않았다. 그 사이 엄마가 주연의 핸드폰을 들어 최근 통화 목록을 눌렀다. 엄마는 마치 짜장면 하나 시킬게요, 하는 것처럼 예사롭게 말했다.

"좀 전에 상담한 사람입니다. 날짜 잡으려고요."

그렇게 아빠를 보내 주기로 한 날짜는 3일 뒤로 정해졌다.

다음 날 오랜만에 차려입고서 엄마와 둘이 밖으로 나왔다. 은행에 들러 계약금을 이체하고, 확인 문자를 받고, 작업이 끝나면 건넬 잔금을 현금으로 뽑았다. 점심으로는 간만에 파스타를 먹었다. 엄마는 맛은 없지만 기분은 좋다고, 홀가분하다고 했다. 이후에 서점에 들러서 엄마가 미리 알아본 자격증 책을 샀다.

"너랑 이렇게 둘이 나와 본 게 얼마 만인지 모르겠다."

"그러게."

주연은 어깨가 닿도록 엄마의 옆에 딱 붙었다. 엄마가 배시시 웃었다. 정말 잘 살 수 있을 것 같은 근거 없는 믿음이 생겨났다. 잘 살아야 했다. 아빠 하나 없다고 집이 망하면, 그건 너무 억울한 일이니까. 잘 살 것이다. 아빠 없이도.

저녁때가 다 되어서야 집에 돌아왔다. 마트 장바구니를 든 주연을 대신해서 엄마가 도어 록 버튼을 눌렀다. 문이 열림과 동시에 쾨쾨한 냄새가 코를 후볐다. 평소보다 더 심했다. 이상하다는 생각을 하며 집 안에 발을 들였을 때였다. 현관에서 가까운 화장실 문이 벌컥 열리고 아빠가 괴성을 지르며 뛰쳐나왔다. 어떻게 풀어낸 건지, 팔뚝에는 굵은 밧줄과 수갑이 덜렁였다.

주연은 반사적으로 엄마를 밀치고 그 앞을 막아섰다. 엄마가 신발장에 등을 부딪히며 넘어지는 순간에 주연은 눈을 질끈 감았다. 목덜미를 짓씹는 아빠의 뭉툭한 이가 느껴졌다. 거무죽죽한 잇몸에 박힌 이에서 어떻게 그런 힘이 나오는지, 너무 아파서 소리도 지를 수 없었다. 대신 엄마가 외쳤다.

"이, 이 사람이!"

살갗을 잘근잘근 씹어 대는 아빠 너머로 몸을 던지는 엄마가 보였다. 주연은 다시 눈을 감았다. 퍽, 타격음이 울리고 아빠가 떨어져 나갔다. 주연은 옅게 피가 밴 목덜미를 움켜쥐며 눈떴다. 눈앞의 광경은 무척 이질적이었다. 엄마가 골프채를 들고서 연신 아빠를 두드려 패고 있었다.

주연은 그사이에 밧줄을 집어 들었다. 만신창이가 된 아빠의 위에 올라타 되는 대로 상체를 꽁꽁 감아 묶었다. 아빠가 다리를 구르며 발악했다. 주연은 아빠의 다리도 묶었다. 목덜미는 쓰렸지만 다행히 살점이 떨어져 나가진 않았다.

가까스로 아빠를 결박하고서야 앉을 수 있었다. 벌어진 일이 믿기지 않아 한동안 아무 말도 할 수 없었다. 뒤늦게 너무 안일했다는 후회가 밀려왔다. 좀비와 함께 사는 이상 이 정도는 각오했어야 하는데. 엄마가 넋이 나간 얼굴로 기어와 주연의 목덜미를 쓸었다. 주연은 엄마의 손길을 쳐 냈다.

"혹시 모르니까 만지지 마."

거울을 보니 목덜미에 아빠의 잇자국이 선명했다. 엄마가 전화를 끊고서 주연의 앞에 와 말했다.

"구, 구급상자 가져올 테니까 잠시만 기다려."

목을 움직일 때마다 쓰라렸다. 베란다 수납함을 뒤지는 엄마의 뒷모습이 흐리게 보였다. 주연은 눈을 감고 좀 전의 상황을 떠올렸다. 골프채로 아빠를 패는 엄마라니, 웃겼다. 실없이 웃음이 비어져 나왔다. 주연은 꽁꽁 묶인 채 꿈틀대는 아빠를 향해 중얼거렸다.

"아빠, 이제는 딸도 밥으로 보이나 봐."

그리고 삐걱대는 몸을 거실로 옮겼다. 잠시 잠들었던 거 같다. 다시 눈을 떴을 땐 엄마가 소독약을 적신 알코올 솜으로 상처를 치료하고 있었다. 작은 솜사탕 같은 감촉이 목 언저리를 쓸어내릴 때마다 어깨가 움찔 떨렸다. 엄마의 손길은 섬세하고 부드러웠는데, 주연은 그제야 엄마가 아빠와 결혼하기 전에 간호사였다는 사실을 떠올렸다.

"괜찮을 거다."

엄마는 그렇게 말하며 고개를 끄덕였다. 그건 스스로에게 거는 주문 같아 보였다. 당연히 울 줄 알았던 엄마는 울지 않았다. 이번엔 자신이 울 거 같아서 주연은 이불을 뒤집어썼다. 옆에 눕는 엄마를 향해 주연은 말했다.

"내 옆에 눕지 마. 내가 갑자기 좀비로 변할 수도 있잖아. 내 방 가서 자."

"상관없어. 좀비가 되면, 엄마 꼭 물어 줘."

"이상한 소리 하지 마."

"진심이야. 꼭 물어야 해."

엄마가 이불째로 주연을 꽉 껴안았다. 주연은 코를 훌쩍이다 눈을 감았다. 잠은 오지 않았다. 그렇게 오랫동안 엄마에게 안겨 있었다. 얼마 지나지 않아 고른 숨소리가 들려왔다. 주연은 눈꺼풀을 들어 올렸다. 엄마가 이를 갈며 자고 있었다. 감은 두 눈과 입매에서 세월의 흔적이 느껴졌다. 주연은 손을 들어 엄마의 얼굴을 더듬었다.

밤새 아빠가 낑낑대는 소리가 들려왔다. 우리 모두가 함께 웃던 날들도 분명 있었을 텐데. 그게 언제였더라. 그런 생각과 함께 주연은 얕은 꿈속을 배회했다.

어린 시절의 꿈이었다. 아빠의 발등에 엉덩이를 대고 앉을 수 있을 정도로 작은 몸집이었을 때. 자정을 넘기지 않은 시간에 적당히 취한 채 들어온 아빠는 기분이 좋아 보였다. 엄마가 건넨 꿀물을 마시고는, 주연을 와락 껴안아 들고 "비행기 타기!"를 외치며 흔들었다. 그럼 자신은 세상에서 제일 행복한 것처럼 웃었다.

아빠가 자신을 바닥에 내려놓으면, 자신은 또 아장아장 기어 아빠의 발목을 껴안고 발등에 엉덩이를 대고 앉았다. 고목나무에 붙은 매미처럼. 새끼 나무늘보처럼. 아빠는 우스꽝스러운 소리를 내며 큰 보폭으로 걸었다. 그러면 꼭 놀이 기구를 타는 것 같았다. 자신은 또 깔깔 웃고, 아빠도 웃고, 엄마도 웃고. 모두가 웃었는데. 그런 날도 있었는데.

자고 일어났을 땐, 입술이 보라색으로 변해 있었다. 엄마는 또 말했다.

"괜찮아, 주연아. 엄마가 같이 있으니까."

괜찮지 않았다. 주연은 엄마 앞에서 아이처럼 울었다.

4

업체에서 나왔다는 여자는 턱 끝에서 시작하는 긴 상처를 가지고 있었다. 그는 자신을 민이라고 소개한 뒤에 거리낌 없이 식탁 위에 각종 살벌한 도구들을 늘어놓았다. 손도끼, 전기톱, 산탄총, 곡괭이. 그 태연함 덕분에 확실히 베테랑처럼 보이기는 했다. 주연은 조심스레 물었다.

"어쩌다가 이쪽 일 시작한 거예요?"

여자는 주연을 흘깃 보고는, 귀찮다는 듯이 답했다.

"일이라는 게 뭐, 그냥 하게 되는 거지. 우리 할아버지가 사냥꾼이었어요. 그런데 나도 이걸로 먹고사네."

주연은 조용히 고개를 끄덕였다. 민의 시선이 주연의 목덜미에 난 상처로 향했다. 주연은 목을 약간 움츠렸다.

"물렸어요?"

"네."

민이 산탄총을 집어 들며 말했다.

"어렸을 때 할머니한테 들었는데, 큰 뱀이 내리는 저주는 3대를 간대요. 그러니까 아마 3차 감염까지 가지 않을까 싶어요."

퍽 신빙성이 느껴지는 추리였다. 뉴스에서 떠드는 변형 기생충, 감염, 바이러스 따위의 전문적인 단어들보다 민의 입에서 나오는 미신이 더욱 그럴듯했다. 주연은 밑져야 본전이라는 심정으로 물었다.

"방법은 없을까요?"

민이 불쑥 고개를 들어 주연을 보았다. 여자의 시선이야말로 뱀 같은 구석이 있었다. 여자는 이내 고개를 돌리고선 산탄총에 기름칠을 하고, 철컥이는 소리가 나도록 조립했다. 간이 주머니에서 화약을 꺼내 장전을 시키며 민이 답했다.

"우리끼리 하는 이야기가 있기는 해요. 일단 작업 먼저 끝내고요."

그사이에 엄마는 무슨 의식을 준비하는 사람처럼, 더없이 비장한 얼굴로 팔짱을 낀 채 아빠를 뚫어져라 응시하고 있었다. 엄마의 시선에 담긴 게 무엇인지 주연은 알 수 없었다. 엄마는 세상에서 제일 불쌍한 존재를 보는 것 같은, 동정과 안쓰러움이 담긴 눈을 하다가도 순식간에 더없이 끔찍한 것을 앞에 둔 사람처럼 얼굴을 일그러뜨렸다.

주연은 곧 벌어질 일을 상상했다. 좀비의 움직임을 끝내기 위해서는 기생충에 감염된 뇌부터 박살 내야 했다. 그새 조립을 끝낸 민이 총을 주연에게로 내밀었다. 가격이 저렴한 대신 포획 및 사살 작업은 직접 해야 했다. 주연은 일단 총을 받아 들었다. 어째선지 입안이 말랐다. 이대로 끝내도 되는 건가? 아빠를 이

렇게 보내 주는 게? 이게 맞는 건가? 어째서 모든 결말
은 이리 어려울까?

주연은 무심결에 제 목에 난 잇자국을 쓸었다. 아
마 아빠가 제게 남기는 마지막 흔적이 될 것이다. 그리
고 이 문제를 해결할 방법을 찾지 못하면, 자신도 아빠
처럼 머리가 터져 죽겠지. 엄마를 좀비로 만들지도 모
르겠다. 온 가족이 사이좋게 머리가 터져 죽는 결말이
라니. 끔찍하고 깔끔한 끝. 순간 아이러니하게도 전날
밤 꿈에서 마주했던 웃는 얼굴이 머리를 스쳤다.

"잠깐, 잠깐만요."

주연이 총을 내려놓으며 외쳤다. 민이 미간을 찌
푸리고서 의문을 띤 눈으로 주연을 돌아보았다.

"아, 우리 염가인 거 아시잖아요."

"알아요. 아는데… 잠시만요."

눈앞의 아빠는 밧줄에 묶인 채로, 몸을 꿈틀거리
며 침을 흘리고 있었다. 주연은 입술을 세게 깨물었다.
뭘 어찌하고 싶은지 스스로도 알 수 없었다. 아빠를
처리해야 맞는데, 지금 쏘지 않으면 더 구질구질한 끝
을 맺게 될 텐데. 그럼에도 망설여졌다. 아빠에게 아직
하지 못한 말이 너무 많다는 생각이 뒤늦게 밀려들었
다. 이미 아빠는 듣지 못하게 되었는데.

민이 공쳤네, 하고는 총을 주워 들었다. 그때였다. 내내 물러서 있던 엄마가 둘 사이를 비집고 앞으로 튀어나왔다. 엄마는 민의 산탄총을 단숨에 뺏어 들고서 물었다.

"이거 그냥 당기면 되는 겁니까?"

민은 얼결에 그렇다며 고개를 끄덕였다.

흡. 누가 낸 소리인지 알 수 없었다. 자신인지, 민인지, 엄마인지. 주연은 고개를 들어 정면을 응시했다. 한 발 앞에, 엄마가. 아빠를 향해 총구를 겨누는 엄마가 보였다. 엄마의 자세는 엉성하기 짝이 없었고 묵직하고 긴 총은 버거워 보였지만 그 끝만은 정확히 아빠를 향했다. 엄마가 분노와 울분이 섞인 목소리로 말했다.

"빌어먹을 양반, 끝까지 자식 새끼한테 민폐나 끼치고."

"엄마!"

모든 일은 순식간에 벌어졌다. 탕, 소리와 함께 썩은 피 냄새가 코를 훑었다. 다리가 풀린 엄마가 그대로 주저앉았다. 오열할 줄 알았던 엄마는 그냥, 그 상태로 멍하니 바닥을 보았다. 그게 다였다. 산탄총은 아무렇게나 바닥을 굴렀다.

민은 무표정으로 자신의 장비를 집어 들었다. 주연은 뒤늦게 참상을 응시했다. 아빠의 깨진 머리에서 검은색에 가까운 핏물이 흘러나왔다. 주연은 팔을 뻗어 엄마를 일으켜 세웠다. 엄마는 유령이라도 본 사람처럼 안색이 허옜다. 엄마를 소파에 앉히고 주연은 다시 시체 앞으로 돌아왔다. 시체, 그러니까 아빠는 이제야 겨우 시체가 된 것이다. 주연은 고개를 들어 신발장 벽에 붙은 거울에 비친 자신의 얼굴을 보았다. 기분 탓인지, 그 사이에 입술이 더 검어진 것 같았다. 우습게도, 자신의 끝도 엄마에게 부탁해야겠다는 생각이 들었다. 훨씬 편안한 느낌이었다.

민은 시체 앞에서 한참을 쪼그린 채 앉아 있었다. 수술용 장갑을 낀 손으로 아빠의 터진 머리를 이리저리 들춰보더니, 찾았다는 말과 함께 뭔가를 길게 빼내었다.

주연은 자신이 본 게 정말 실제인지 믿을 수 없어 눈살을 찌푸렸다. 뱀이었다. 아빠의 머리에서 튀어나온 새끼 뱀. 지렁이인지 뱀인지조차 구별하기 어려울 정도로 작은 새끼 뱀. 민은 뱀의 목을 틀어쥐고서 촘촘한 그물망 안에 집어넣었다. 주연은 그를 바라보며 물었다.

"그건 폐기하나요?"

"무당한테 가져가요. 이거 그냥 버리면 초상 치르거든요."

"그, 작업 끝나고 알려 준다는 이야기요."

민이 불쑥 고개를 들어 주연과 엄마를 번갈아 응시했다. 주연이 초조한 목소리로 답을 재촉했다.

"말해 주세요."

그에 민이 뱀을 집어넣은 그물을 꽉 조여 묶으며 말했다.

"우리 할아버지도 뱀술 먹고 돌아가셨어요. 그때 저도 곧 죽을 것처럼 앓았고요. 할머니한테 들었는데, 장례 와중에 할아버지 가슴을 뚫고 뱀 한 마리가 튀어나왔대요."

"…."

"할머니가 그 뱀을 잡아 가지고는 무당에게 가져갔더니 뭐라고 한 줄 알아요? 제사 지내 주라고 했대요. 진짜로 상 차려서 제사 지냈더니 그 길로 뱀이 가루처럼 바스라졌어요. 그리고 제가 나왔고요."

민이 새끼 뱀이 든 그물을 흔들었다. 멍한 얼굴로 이야기를 듣던 엄마는 덥석 그물을 받아 들었다.

뱀을 건넨 민은 주연이 아빠의 시신을 처리하는

걸 도왔다. 업체 서비스 목록에 시신 처리까지 포함되어 있었으니 당연한 수순이었다. 엄마는 제 손으로 보내 줬으니 화장터에는 굳이 갈 필요 없다며 새끼 뱀을 가지고 집에 남았다.

주연은 커다란 비닐에 시신을 넣은 다음, 민의 트럭을 타고 서울 외곽에 위치한 화장터에 가서 아빠를 태웠다. 화장터라기보다는 소각장에 가까운 곳이었다. 검은 연기와 함께 바람을 타고 열기가 닿았다. 주연은 일렁이는 불길을 보며 중얼거렸다.

"잘 가, 아빠."

그 이상 다른 말은 하지 않았다. 민은 주연을 다시 집에 데려다주고서 돌아갔다. 주연은 엄마에게 아빠의 뼛가루가 든 항아리를 내밀었다.

"다 끝났어, 엄마."

그러자 엄마가 고개를 들어 주연을 마주 봤다. 엄마의 눈에 전에 없던 빛이 돌았다.

"아니, 아직 안 끝났다."

엄마가 그물망을 꽉 움켜쥐며 답했다.

"네가 살아야 끝나."

✠

　그날, 주연이 돌아왔을 때 식탁 위는 이미 엄마가 장 봐 온 제사 음식 재료들로 가득했다. 엄마는 20년이 훌쩍 넘는 세월 동안 시가 제사상을 차리던 실력으로 뱀의 제사상을 차렸다. 과일을 곱게 쌓고 음식을 조리해서 놓은 뒤 뱀이 든 그물을 앞에 두었다. 간간이 펄떡이며 존재감을 드러내던 그것은 향을 피우자 신기하게도 잠잠해졌다. 주연과 엄마는 제사상 앞에 나란히 섰다. 순간 이게 뭐 하는 짓인가, 싶은 생각에 헛웃음이 흘러나왔다.

　"빨리 절 올려, 이것아!"

　엄마가 주연의 등짝을 때리고는, 더없이 진지한 얼굴로 절을 올렸다. 주연도 엄마를 따라 함께 몸을 굽혔다.

✠

　주연과 엄마는 식사를 하고 나란히 소파 앞에 앉았다. 며칠 전 제사를 지내고 남은 과일을 나눠 먹으며 텔레비전에 시선을 고정했다. 무당 여럿이 합동 굿을 하는 장면이 송출되고 있었다.

장소는 술통 안의 뱀이 살았을 것으로 추정되는 세 개의 산 중 마지막 산이었다. 나중에 알려진 사실이지만, 정부가 그렇게 오랫동안 뱀의 피부 조직과 종을 조사한 이유는 백신 때문이 아닌 굿판 장소를 정하기 위해서였다.

정부 당국은 끝내 백신 만들기에 실패했다. 아빠를 포함해 총 열다섯으로 확인된 1차 감염자들은 모조리 죽었다. 2차 감염자는 확인된 사람만 스무 명이 넘었다. 그중 대략 절반인 열댓 명은 아예 좀비가 되지 않았고, 남은 열댓 명은 죽었다. 주연은 따지자면 어디에도 속하지 못한, 감염자가 되었다가 살아남은 단 한 명이었다.

방역복을 입은 공무원들은 사흘 뒤에야 찾아왔다. 원래 뭐든지 공적인 것은 느리고 사적인 것은 빠르기 마련이다. 이미 아빠의 사망신고를 마친 후였다. 주연은 아빠의 유골함을 내밀었다. 공무원들은 낭패라는 얼굴을 하고서 돌아갔다.

다행히 3차 감염자는 없었다. 어쩌면 3차 감염까지 갈 뻔한 걸 가까스로 막았을 수도 있었다. 그즈음에 정부에서 첫 번째 위령제를 지냈다. 술통 안의 뱀이

129

살았을 것으로 추정되는 산은 총 세 개였고, 그 세 군데에서 굿판을 열기로 한 것이다.

그리고 이번이 마지막 위령제였다. 화면에 잡히는 뱀의 시신은 족히 1미터는 넘어 보였다. 저런 뱀으로 술을 담가 마실 생각을 했다니. 애초에 큰 뱀이었는지, 아니면 비좁은 술통 안에서 계속 커진 것인지 주연은 약간 궁금해졌다.

굿이 끝날 때쯤에 산과 이어진 마을의 가장 큰 나무가 세차게 흔들렸다. 바람이 없는데도 나뭇잎들이 후드득 떨어졌고, 어딘가에서 불쑥 나타난 거대한 뱀이 굿판을 가로질렀다. 굿을 하던 무당들은 갑자기 나타난 뱀을 향해 공손히 절을 올렸다. 뱀은 죽은 뱀의 주위를 한 바퀴 맴돌고는 순식간에 사라졌다. 굿도 끝났다. 그 모든 장면이 10년 전 공포 프로그램처럼 조악했지만, 정부에서 굿판을 주최했다는 건 사실이었다.

집 안에 은은한 향내가 맴돌았다. 굿판이 끝난 뒤에 거대한 뱀의 시신은 나무 아래 묻혔다. 주연도 그저께, 제사를 지내자 바스라진 뱀의 가루를 엄마와 함께 동네 뒷산에 묻었다. 엄마가 텔레비전을 보며 혼잣말을 중얼거렸다.

"나라 망신이다. 저게 뭐 하는 짓이래니?"

"엄마도 제사 지냈으면서."

"그거랑 이거랑은 다르지."

엄마는 빠르게 말을 돌렸다.

"다음 주에는 네 아빠한테 다녀오자."

주연은 고개를 끄덕이며, 아빠가 남긴 잇자국을 더듬었다. 그 잇자국은 꽤 오래갔지만 분명하게 옅어졌고, 결국은 언젠가 사라질 것이었다.

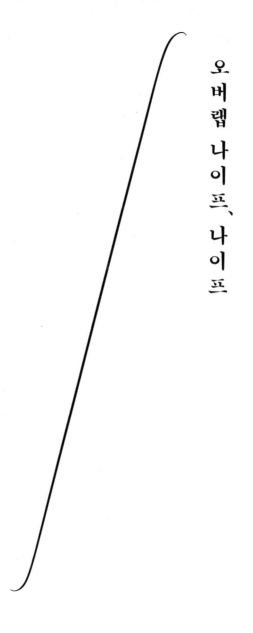

오 버 랩 나 이 프, 나 이 프

1

이것은 흔하고 흔한 이야기이다.

영화에서, 책에서, 드라마에서, 뉴스에서, 중후한 목소리의 연예인이 진행하는 사회 고발 프로그램에서, 범죄 다큐멘터리에서, 우리 일상의 곳곳에서, 살면서 누구나 한 번쯤은 접했을 진부하지만 자극적이고, 안쓰럽지만 불편한 그런 이야기.

아버지가 어머니를 죽였다. 나는 들고 있던 비닐봉지를 떨어트렸다. 아버지는 꿈을 꾸는 표정이었다. 오른손에는 붉은 피가 뚝뚝 떨어지는 과도를 들고, 왼손에는 초록색 술병을 들고 있었다. 그 구역질 나는 초록색 병은 그의 손에 있는 게 당연했다. 내가 기억하는 한, 그는 한시도 손에서 술병을 내려놓지 않았으니까. 어린 시절에는 초록색 술병이 아버지 손의 일부라고 생각한 적도 있을 정도였다. 그의 손에 들린 투명한 초록은 더없이 자연스러웠다. 하지만 과도는, 피가 흐르는 과도는 그의 손에 있으면 안 되는 것이었다. 아버지의 풀린 눈동자가 천천히 나를 향했다.

"이제 오냐? 이리 와서 사과 좀 깎아 봐. 이건 왜 사과도 못 깎아서는."

아버지가 나에게 과도를 내밀었다. 바닥에 깎다가 만 못생긴 사과 하나가 구르고 있었다. 나는 아버지가 건네는 과도를 받아 들었다. 그 과도로 사과 말고 다른 것을 깎을 수 있을 것 같았다.

고개를 돌려 누워 있는 어머니를 바라봤다. 어머니의 몸은 기괴하게 뒤틀려 있었고 목은 반쯤 너덜너덜해져 주위로 검붉은 피의 웅덩이를 만들고 있었다. 전에도 그녀의 몸이 뒤틀렸던 적이 몇 번 있었다. 몇 번? 아니, 수없이 있었다. 내가 보지 못했던 것까지 합친다면 더 많겠지. 그녀가 몸을 뒤틀게 한 사람은 열에 아홉은 아버지였다. 남은 하나는 그녀 스스로였다.

사실 언제든지 이렇게 될 것을 알고 있었다. 언제든지 아버지는 어머니를 죽일 수 있었고 언제든지 나도 아버지를 죽일 수 있었다. 매번 차마 그러지 못했을 뿐이다. 그런데 아버지가 과도로, 어머니를 죽인 과도로 내 안의 '차마'를 끊어 버렸다.

그래서 나도 아버지의 목을 잘랐다. 사실 이것은 공평하지 않다. 그동안 그가 우리에게 베푼 폭력을 생각한다면, 이 정도는 아직 한참이나 공평하지 않았다. 하지만 삶이란 것이 원래 불공평한 것 아닌가. 나는 어머니와 똑같이 목이 찢겨 그녀의 곁에 풀썩 쓰러지는 아버지를 바라보았다. 결국 오늘에서야 모든 일이 벌어졌다. 내 손에 들린 과도엔 이제 아버지의 피와 어머니의 피가 섞여 들었다. 우리는 가족이니. 그래, 가족이니 이제 내 피까지 섞인다면 우리는 과도 안에서 다시 살 게 될 것이다. 하지만 나는 그러기가 싫었다. 죽어서까지 피가 섞이는 건 싫었다. 그래서 새 칼을 꺼냈다. 과도보다 큰 식칼이었다. 과도보다 더 잘, 한 번에 썰 수 있을 것이다. 문득 어머니와 아버지를 과도 안에 함께 살게 한 것이 뒤늦게 죄송해졌다. 어머니는 죽은 뒤에도 자신을 찌른 흉기 안에서 아버지와 함께인 것이다. 각자 다 다른 칼에 살았어야 되는데. 나는 후회를 했다. 어머니, 죄송해요.

내가 떨어뜨린 비닐봉지를 주워 들었다. 안에는

어머니가 먹고 싶다던 초밥이 들어 있었다. 그녀가 제일 좋아하던 연어 초밥과 새우 초밥을 꺼내 뒤틀린 그녀 앞에 두었다. 다행히 어머니의 눈은 감겨 있었다. 만약 뜨여 있었다면 나는 그녀의 눈을 마주하지 못했을 것이다. 나는 그녀가 별로 좋아하지 않던 문어 초밥을 골라 입에 넣었다. 문어 초밥은 그녀가 왜 싫어했는지 이해가 되지 않을 정도로 맛있었다. 나는 초밥을 씹으면서 이런 생각을 했다.

내가 더 빨리 집에 왔다면 달라졌을까?
내가 초밥을 사러 나가지 않았다면 달라졌을까?
전날 사과를 남기지 않고 다 먹었다면 달라졌을까?
집 안의 모든 과도를 버렸다면 달라졌을까?
어머니는 죽지 않고 나는 아버지를 죽이지 않을 수 있었을까?

곰곰이 생각해 본 결과, 나는 상황이 바뀌지 않았을 것이란 결론을 내렸다. 아버지는 굳이 사과가 아니어도 언젠가 무슨 핑계로든 어머니를 찔렀을 것이다. 나 역시 굳이 오늘이 아니어도 언젠가 아버지를 죽였을 것이다. 동기나 타이밍의 문제가 아니었다. 이것은 언젠가는 벌어지고야 말 일이었던 것이다. 단지 그날이 오늘이었던 것뿐. 질긴 문어 초밥을 꼭꼭 씹어 삼키자 모든 미련이 사라졌다. 개운한 마음으로 칼을 들어 내 목을 찔렀다.

사라져 가는 의식 사이로 들어서는 안 될 생각 하나가 고개를 들었다.

'그래도 상황이 조금만 달랐다면 누군가는, 기왕이면 어머니가 살 수는 있지 않았을까.'

2

이것은 흔한 이야기이다.

지방에서 올라와 대학교 근처에서 홀로 자취를 하는 여대생이 범죄의 표적이 되는 것은, 흔하다는 표현을 넘어서 어떠한 상식 같은 것이다. 어떤 범죄자도, 온 가족이 함께 사는 집에서 통학하는 건장한 남자를 노리지는 않는다.

나는 수개월째 스토킹을 당하고 있었다.

스토커는 내 목숨을 위협하지는 않았다. 하지만 항상 나를 지켜보고 있다. 나는 그 시선을 느낄 수 있었다. 내가 학교에서 집에 갈 때, 아르바이트를 하러 갈 때, 친구들과 놀러 갈 때, 그 모든 순간에 나는 스토커의 시선을 느낄 수 있었다.

늦은 시간에 집으로 향할 때면 나의 발에 맞추는 발걸음 소리가 들렸다. 내 걸음이 빨라지면 한 박자 느리게 그 걸음도 빨라지고, 다시 느려지면 한 박자 느리게 그 걸음도 느려졌다. 그래서 내가 공포심에 뛰기 시작하면 그 걸음은 이상하게도 감쪽같이 멈췄다. 그리고 멀어지는 등 뒤로 스토커의 소리가 들려왔다. 그 소리는 울음 같기도 하고 웃음 같기도 했다. 깔깔 웃는 것 같기도 했고 서럽게 흐느끼는 것 같기도 했다. 어쩌면 그 모두일지도 몰랐다. 아마도 스토커는 정신병원에서 탈출한 미친놈일 것이다.

스토커는 가끔 자취방 안까지도 들어왔다. 처음에는 알아차리지 못했지만 점점 낌새가 이상해졌다. 외출했다 돌아오면 물건들의 상태가 묘하게 바뀌어 있었다. 침구의 구겨진 모양이 달라진다든가, 설거지를 했던 기억이 없는데 설거지가 되어 있다든가, 수첩을 두 번째 서랍에 넣어 뒀는데 세 번째 서랍에 들어 있다든가 하는 사소한 변화였다. 하지만 단 하나의 물건도 없어지지 않았다. 스토커들이 그렇게 노린다는 속옷도 그대로였다.

지방에 계신 부모님에게는 말할 수 없었다. 공부 따위는 때려치우고 내려오라고 할 게 분명했기 때문이다. 내 이야기를 들은 지인들은 너무도 자연스레 네 착각일 것이라고 답했다. 그리고 너무 쉽게 내가 너무 예민한 탓이라고도 말했다. 아마 그냥 네 뒤를 걷던 일반인이었을 거라고, 오히려 네가 갑자기 뛰어서 당황했을 것이라고도 말했다.

경찰서에도 가 보았다. 하지만 직접적인 피해를 입지 않았기 때문에 조치를 취할 수 없다는 대답만이 돌아왔다. 사람들이 전부 나를 신경이 과민하고 히스테릭한 여자로 보는 것 같았다.

아, 틀린 말은 아니었다. 당시 내가 신경과민이었던 것도 맞고 히스테릭한 것도 맞았다. 하지만 내가 그렇게 된 이유는 바로 망할 스토커 때문이었다.

애초에 나는 귀가 얇고 남의 말에 잘 휩쓸렸다. 살아가는 데에 있어서 별 도움이 되지 않는 성격이었다.

때문에 주위에서 나를 탓하면 '아, 역시 내가 너무 예민한가.'라고 생각했다. 속으로는 남 일이라고 쉽게 말하는 사람들의 머리를 쥐어뜯고 싶었으나 그럴 용기는 없었다. 항상 속으로 꾹꾹 눌러 담았고 그 스트레스는 안에서 곪아 갔다. 밤길을 걸을 때면 늘 실체를 알 수 없는 발소리와 시선에 떨었다. 다음 날에도 역시 내 말을 믿어 주는 사람은 아무도 없었다. 그들의 무관심은 또 하나의 공포였다.

내가 이 상황을 벗어나기 위해 아무런 노력도 하지 않은 것은 아니다. 어느 순간부터 포기했을 뿐이다. 나는 스토커를 떼어내기 위해 몇 번의 이사를 했다. 하지만 소용없는 짓이었다. 스토커는 어떻게든 다시 나를 찾아냈다. 그리고 그 조용한 스토킹도 계속되었다. 주위 사람들 중에는 어차피 해는 끼치지 않는데 뭐 하러 신경 쓰느냐는 이들도 있었다.

나는 미칠 지경이었다. 스토커는 '아직' 나에게 해를 끼치지 않았을 뿐, 언제든지 끼칠 수 있는 입장인 것이다. 나는 수시로 느껴지는 시선, 은근한 위협, 그리고 이제 나를 정신병자 취급하는 타인들의 시선 사이에서 무엇이 진실인지 알 수 없게 되었다. 내가 맞고 그들이 틀릴 수도, 그들이 맞고 내가 틀릴 수도 있었다. 스토커가 진짜 있을 수도 있고 모든 게 내 피해망상일 수도 있었다. 뭐가 뭔지, 도저히 알 수가 없었다. 그때 나는 지쳐 있었다. 부모님께 모든 걸 말씀드리고, 시골로 내려갈까 하는 생각까지 들었다. 내가 내려가지 않고 버틸 수 있었던 것은 그 무렵 '그'를 만났기 때문이다.

만약, 그를 만나지 못하고 시골로 내려갔다면 모든 게 바뀌었을까?

3

식칼이 내 목을 꿰뚫었다. 피가 분수처럼 솟았고 의식이 흐려졌다. 눈앞에 말로만 듣던 주마등 같은 것이 지나갔다. 지금 보이는 것이 내가 기억하지 못하는 과거인지, 아니면 다음 생에는 그랬으면 좋겠다는 바람인지는 모르겠다. 어쨌든 화면 안에서 나는 행복한 어린 시절을 보내고 있었다. 집안은 나름 부유했고 아버지는 손에 술병을 들고 있지 않았다. 어머니는 두 발로 걷는 나를 보고 박수를 치며 좋아했다. 잠깐의 행복했던 시절이 필름 감기듯 지나가고, 그 뒤로는 내가 기억하는 지옥이 맞았다.

　아버지의 회사가 망한 것이 모든 불행의 시작이었다. 그는 술을 마시기 시작했고 순식간에 알코올 중독자가 되었다. 어머니는 그만두었던 일을 다시 시작했다. 어린 나는 말을 안 들었다. 집에는 돈이 있을 때보다 없을 때가 더 많았다. 그 무렵부터 아버지가 술값이 떨어질 때마다 어머니를 때리기 시작했다. 언제부터인가는 나도 같이 맞았다. 그럼 어머니는 아버지에게 대들었다. 결국 집 밖으로 쫓겨날 때도 있었다.
　쫓겨나는 날이면 어머니는 내 손을 잡고 동네를 돌았다. 내 입에 사탕을 하나 물리고 추운 골목을 걸으며 여러 이야기를 해 주었다. 대부분 행복했던 과거에 관한 이야기였다. 아버지와 어떻게 만났고, 어떤 연애를 했고, 어떻게 나를 낳았는지 하는 이야기들. 그럴 때면 어머니는 영영 과거에 머무를 것만 같았다. 나는 두려워서 굳이 현실을 떠올리게 하는 질문을 했다.
　"아빠는 지금은 왜 저래?"
　그러면 어머니는 "곧 괜찮아질 거야."라고 답하곤 했다. 아마 괜찮아지지 않으리라는 건 그녀 스스로가 제일 잘 알고 있었을 것이다.

어머니의 "곧 괜찮아질 거야."는 점차 줄어들었다. 아버지는 집에 거의 들어오지 않았는데, 내가 학교에 있을 때만 골라서 찾아와 홀로 있는 어머니를 괴롭혔다. 고등학교에 입학한 후 내 키가 그와 맞먹을 정도로 커진 탓이었다. 그는 점점 더 야비하게 행동했다.

어머니의 "곧 괜찮아질 거야."는 마침내 "이럴 팔자야."로 바뀌었다. 어머니는 표정을 잃었고 말도 거의 하지 않았다. 제일 큰 변화는 나를 모른 척한다는 것이었다. 어느 순간부터 어머니는 나에게 말을 걸지도 않았고 내 얼굴을 마주하지도 않았다. 아버지를 향한 증오가 내게로 옮겨진 것일 수도 있었다. 모두 아버지 탓이었다. 아버지가 어머니 얼굴에서 표정을 빼앗고, 나를 외면하게 만들었다. 그렇게 아버지를 향한 나의 증오는 깊어졌다.

문득 어머니는 이렇게 될 것을 알고 있었을까 하는 생각이 들었다. 우리는 이렇게 될 운명이었던 것이다. 아버지가 어머니를 죽이고, 내가 아버지를 죽이고, 또 내가 나를 죽일 운명. 어떤 해방감마저 들었다. 이 지긋지긋한 삶이 드디어 끝나는구나. 하나 영 아쉬운 것이 있다면 초밥이었다. 오늘, 어머니는 그렇게 외면

했던 나에게 갑자기 초밥이 먹고 싶다고 했다. 나는 벌떡 일어나 초밥을 사러 나갔고, 한참을 고민하다가 모둠 초밥을 샀다. 그렇게 사 온 초밥을 입에 넣어 주지 못한 것이, 그게 제일 아쉬웠다.

어머니가 내가 기대한 미소를 지으며 초밥을 먹지 못한 것. 그것 하나.

꺼진 의식 사이로, 누군가가 말을 걸었다.

"시간을 되돌려 줄까?"

4

그를 만난 것은 평소와 다름없던 어느 날이었다. 나는 여느 때와 같은 발소리에 겁을 먹은 채로 골목을 걷고 있었다. 여기서 조금이라도 느려지면 스토커에게 잡힐까, 뛰기 시작하면 평소처럼 발소리가 멈출까, 아니면 오늘이야말로 뒤에서 덮쳐 와 내 입을 틀어막을까. 이것들이 내가 평소 길을 걸으며 하는 일상적인 생각들이었다. 결국 하나, 둘, 셋 하고 뛰기로 마음먹은 순간 맞은편에서 걸어오던 남자가 갑자기 나에게 인사를 했다. 모르는 사람이었다.

"어, 세영이 맞지? 되게 오랜만이다 너! 이 시간에 혼자 집에 가는 거야? 내가 데려다줄게. 같이 걸으면서 옛날이야기나 하자."

남자는 내가 뭐라 대꾸할 틈도 없이 이야기를 뱉어 내고는 자연스럽게 옆에 섰다. 그러고는 옛날이랑 키가 그대로냐, 라며 키를 재는 척 머리 위에 손을 대고서 몰래 속삭였다.

"되게 겁먹은 표정이셔서 봤더니 뒤에 이상한 남자가 계속 따라오고 있어서요. 저 아는 척하세요."

나는 얼떨결에 "그치? 오랜만이네, 찬호야."라고 말했다. 그리고 쭉 함께 걸었다. 우리는 애써 밝은 척하면서 어린 시절 추억 따위를 계속 지어냈다. 그러길 한참, 어느 순간부터 뒤따르던 발소리가 사라졌다. 내가 찬호라고 부른 남자는 흘긋 뒤를 돌아보고는 한숨을 쉬며 말했다.

"이제 갔나 봐요."

"정말 고맙습니다. 진짜 무서웠는데…. 제가 차라도 한잔 살게요."

"그러지 않으셔도 되는데, 굳이 거절하진 않을게요."

남자가 수줍게 웃었다.

나는 세영이 아니고 남자는 찬호가 아니었지만 우리는 다음 날 학교 근처의 찻집에서 만나기로 했다. 사실 남자의 친한 척은 스토커에게 아무 의미가 없었을지도 모른다. 남자가 나를 향해 세영아, 라고 부르는 순간 스토커는 이미 우리가 모르는 사이란 것을 눈치챘을 테니까. 집까지 따라오는 마당에 내 이름 정도는 진즉에 알고 있었으리라. 하지만 어쨌든 남자는 내가 스토킹을 당하기 시작한 이후로 나를 도와준 처음이자 유일한 사람이었다. 아무도 나를 믿어 주지 않는 상황에서 그 남자만이 나를 스토커로부터 구해 주려고 했다. 그것만으로도, 내가 남자를 좋아하게 될 이유는 충분했다.

우리는 다음 날 약속했던 장소에서 만났다. 나는 평소에는 바르지 않던 매니큐어까지 칠하고 나갔다. 아주 작은 부분까지 깔끔하고 매끄럽게 보이고 싶었다. 남자는 먼저 와서 나를 기다리고 있었다. 짙은 초록색 니트가 잘 어울렸다. 어떤 옷이 자신에게 맞는지 알고 있는 것 같았다.

우리는 눈을 마주하고 어색하게 웃은 후 이야기를 나누었다. 남자의 이름은 찬호가 아니라 찬석이었다. 그는 그래도 한 글자는 맞히지 않았냐며 웃었고 나는 그 웃음에 심장이 두근댔다. 나도 내 이름은 세영이 아니라 영희라고 알려 주었다. 그는 자기도 한 글자를 맞혔다고 좋아했다. 심장이 더 두근거렸다.

헤어질 때쯤, 난 찬석에게 스토커에 관한 이야기를 했다. 그가 날 이상하게 여기거나 겁을 먹고서 도망갈 수도 있었지만 평소답지 않게 모험을 했다. 지금까지 살아온 짧은 인생 중 제일 떨렸고 용감했던 순간이라고 장담할 수 있다. 나는 어제의 찬석처럼 속사포 같이 말을 뱉어 냈다.

어제 하루만 그런 것이 아니라고. 나는 늘 두려움에 떨며 골목을 걷지만 주위 사람들은 믿어 주지 않는다고. 그래서 내가 미친 건지 아닌지 혼동이 됐다고. 하지만 당신이 어제 나를 도와줘서, 스토커가 있다는 것을 증명해 줘서 이제는 헷갈리지 않는다고. 당신이 나의 증인이자 구원자라고. 아, 너무 부담스러워하지 말라고. 그냥 그렇다는 비유일 뿐이라고. 그러니까 나는, 당신이 좋다고.

찬석은 나의 갑작스러운 이야기와 고백을 듣고 당황한 것 같았지만 바로 거절하지도 않았다. 대신 한 가지 제안을 했다. 내 아르바이트가 끝나는 시간과 자신

의 아르바이트가 끝나는 시간이 비슷하니, 그리고 둘
다 가까운 곳에 살고 있으니(아, 찬석은 내가 다니는 대학
의 바로 옆 학교에 다녔고 기숙사에서 살고 있었다.), 스토커
가 따라오는 그 어두운 골목을 자신과 함께 걷자는 것
이었다. 걸으면서 더 많은 이야기를 하고 서로를 더 알
아보자는, 그러고 나서 다시 생각해 보자는, 나의 심
장을 더 뛰게 만드는 제안이었다. 그 제안은 내가 걷던
공포의 골목길을 설렘의 장소로 바꾸는 마법을 부렸
다. 내가 거절할 리가 없었다.

아마 지금 다시 그때로 돌아가더라도 나는 같은
선택을 할 것이다. 찬석을 만난 순간, 그가 나를 세영
아, 라고 불렀던 순간부터 그럴 수밖에 없게 되었던 것
이다. 그래서 나는 과거의 나를 증오한다. 시골에 내려
갈까 말까를 고민하던 때의 나를 증오한다. 내려가 버
리자, 라고 확실히 결정하지 못했던 나를 증오한다.

만약 그랬더라면, 시골에 내려가서 그가 겁먹은
나를 볼 일이 없었더라면, 그가 나를 도와주지 않았더
라면, 그 찻집에서 만나지 않았더라면, 내가 그에게 고
백하지 않았더라면, 그가 어떤 제안도 하지 않았더라
면, 매일 밤 어두운 골목을 나와 함께 걷지 않았더라
면, 그는…

스토커가 휘두른 칼에 찔리지 않았을 텐데.

5

"가위바위보도 삼세판인 것처럼, 기회는 딱 세 번
이야. 과거로 돌아갈 수 있어. 후회했던 선택을 바꿀
수도 있어. 하지만 결과는 어찌 될지 몰라. 모든 것이
바뀔 수도 있지만 바뀌지 않을 수도 있지. 네가 선택
해. 시간을 되돌려 줄까?"

나는 칼이 박힌 고개를 끄덕였다.

다음 순간, 내 목에는 칼이 박혀 있지 않았다. 보
이는 것은 피가 흐르는 집이 아니라 학교의 시끌벅적
한 강의실이었다. 핸드폰의 날짜는 어머니가 아버지에
게 살해당하기 전날을 가리키고 있었다. 꿈인가? 그럴
리가 없었다. 분명 어머니의 피는 진짜였다. 정말 과거
로 돌아온 것이다. 동기들은 수업이 끝난 뒤 먹을 저녁
을 고민하고 있었다. 나는 저들이 무엇을 먹을지 알고
있다. 부대찌개.

"추우니까 부대찌개 먹자. 야, 김세호. 너도 같이 가."

"난 됐어. 너네끼리 맛있게 먹어라."

수업이 끝나자마자 가방을 챙겨 나왔다. 나는 곧장 집에서 제일 가까운 번화가의 초밥 가게로 갔다. 그곳에서 어머니가 좋아하는 새우 초밥과 연어 초밥을 각각 포장했다. 집으로 가는 길이 급했다. 어머니가 보고 싶었다. 그녀가 초밥을 보고 지을 표정이 궁금했다. 생각보다 많은 게 바뀌지 않을 것이란 건 나도 안다. 그래도, 단 하나라도 바꿀 수 있다면.

어머니는 평소와 다름없이 표정 없는 얼굴로 텔레비전을 보고 있었다. 그녀가 내 눈앞에 살아 있다는 게 믿기지 않아 다리에 힘이 풀렸다. 평소보다 일찍 집에 돌아와 현관에 주저앉은 나를 어머니는 역시나 표정 없는 얼굴로 빤히 쳐다보았다. 그리고 아무 말도 하지 않으셨다. 상관없었다. 나는 휘청거리는 다리를 간신히 움직였다.

"이거, 초밥인데요. 그, 어렸을 때… 어머니가 좋아하는 연어랑 새우로만 된 걸로 내가 사 주기로 했잖아요. 기억나세요?"

"… 아."

그녀는 포장 용기를 받아 들고 망연히 그것을 바라보았다. 왜소한 어깨가 약간 떨리는 것 같기도 했다. 푹 숙인 얼굴의 표정을 읽을 수가 없었다. 보고 싶은데 보기가 무서웠다. 하지만 확실한 것은, 아마 내가 그토록 보고 싶어 하던 미소는 아닐 것이란 사실이다. 왜냐하면 내가 드세요, 하고 손을 내민 순간 그녀가 초밥 상자를 바닥에 집어 던졌기 때문이다. 그리고 어머니는 머리를 쥐어뜯으며 흐느끼기 시작했다. 좁은 거실이 울음소리로 가득 찼다. 나는 널브러진 초밥을 다시 상자에 주워 담아 쓰레기통 위에 두고, 바닥을 정리한 뒤 내 방으로 들어갔다.

어머니의 울음소리는 커졌다가, 작아졌다가, 흐느낌으로 바뀌었다가 마침내 잦아들었다. 나는 문을 등지고 주저앉아 그 소리를 들었다. 계속 듣다 보니 어떤 노랫소리 같았다. 아버지에 의해 쫓겨나 밤 골목을 배회했던 그때, 어머니가 하늘을 보면서 부르던 〈작은 별〉.

역시, 시간을 되돌려도 생각보다 많은 것이 바뀌진 않는다.

눈을 떠 보니 어느새 새벽이었다. 불편한 자세로 잠든 탓에 다리가 저리고 목이 뻐근했다. 목이 타 물을 마시러 부엌으로 나갔다. 어머니는 안방에서 잠든 것 같았다. 그리고 난 부엌에서 뜻밖의 광경을 보았다.

내가 쓰레기통 위에 두었던, 엉망이 된 초밥 상자가 그곳에 있었다. 상자는 깔끔하게 정리된 채 식탁 위에 올라와 있었다. 안에 남아 있는 초밥은 절반뿐이었다.

처음엔 아버지가 집에 온 것이라 생각했다. 배가 고파서 부엌을 뒤지다가 멀쩡해 보이는 초밥을 발견했겠지. 나는 좁은 집 안을 샅샅이 뒤졌다. 아버지는 없었다. 만약 그사이에 다시 나갔다면 내가 알아채지 못할 리가 없었다. 그는 절대로 조용히 나가지 않는다. 열려 있는 안방 너머로 모로 누워 잠든 어머니의 구부정한 등이 보였다. 그리고 그 옆에는 내가 사 왔던 두 개의 초밥 상자 중 하나가 깨끗이 비워진 채로 놓여 있었다. 마음에 작은 빛이 들었다.

나는 정말 오랜만에, 기분 좋게 잠들 수 있었다. 일어나 눈을 뜨면 다시 피 묻은 과도가 날 반기더라도, 기쁘게 내 목을 찌를 수 있을 것 같았다.

눈을 떴을 때 날 반긴 것은 다행히도 누리끼리한 내 방의 천장이었다. 어머니는 거실을 청소하고 있었다. 내가 아는 오늘, 어머니는 이 시간에 베란다에서 빨래를 했다. 아주 약간 바뀌었다. 가슴속에서 희망이 스멀스멀 피어올랐다. 나는 오늘 어디에도 나가지 않을 것이다. 그녀가 무엇을 먹고 싶다고 해도 사러 나가지 않을 것이다. 아버지가 집에 들어오지 못하게 할 것이다. 집 안의 과도를 전부 버릴 것이다. 어쩌면, 오늘 어머니는 살 수 있을지도 모른다. 아니, 그렇게 만들 것이다.

'오늘'은 놀랍도록 아무 일도 없이 지나갔다. 내가 집에 있다는 것을 아는지 아버지는 코빼기도 비추지 않았다. 이토록 조용히 지나간 '오늘' 앞에서 나는 일종의 허무함까지 느꼈다. 이렇게 쉽게 피할 수 있는 것이었나. 그리고 '오늘'처럼 아무 일도 없이 조용한 일주일이 지나간 뒤에 나는 안일하게 생각했던 걸 후회했다.

내가 휴학 신청을 하러 학교에 간 그 잠깐 사이, 홀로 장을 보러 간 어머니는 시장 한복판에서 아버지의 칼에 찔렸다. 목격한 사람들의 말에 의하면 아버지는 과도를 들고 어머니를 위협했고, 돈을 내놓으라고 소리를 질렀다고 한다. 어머니가 가지고 있던 돈이라고는 고작해야 1만 5천 원이었다. 하지만 어머니는 그마저도 뺏기기 싫어 몸부림을 쳤다. 그 와중에 생선이 든

봉지로 아버지의 얼굴을 쳤다. 아버지는 어머니가 생선으로 자신의 얼굴을 후려쳤다는 부분에서 이성을 잃었다. 본인은 생선보다 더한 것으로 우리를 쳤으면서, 고작 그런 것에 이성을 잃고 과도를 휘둘렀다. 막무가내로 휘두른 과도는 정확하게 어머니의 목을 그었다. 시장 바닥에 검붉은 피가 흘렀다.

아버지라는 인간은 지독했고, 이번 피해자는 어머니뿐만이 아니었다. 그는 어머니를 도우려던 일반인들을 몇 명 더 찔렀고, 씨발, 내가 우습냐고 악을 썼다. 자신이 소싯적에는 사장님 소릴 들었다고. 사회가 좆 같으니 살인자년이 자신을 무시한다고, 나보다 못한 게 감히 내 얼굴을 치지 않았냐고. 씨발, 좆 같다고. 그 씨발의 결과 생선을 파는 할아버지가 죽었다. 피를 흘리는 어머니에게 응급처치를 하려다 아버지에게 등을 찔렸다. 그때 아버지가 들고 있던 과도는 내가 '그날', 아파트 단지 안의 쓰레기장에 버린 과도였다. 물건은 주인을 찾아가기 마련이라는 생각이 들었다. 아버지는 한참 뒤에서야 도착한 경찰에게 연행되었다. 그때까지도 그는 모든 게 사회 탓이고, 자신을 망하게 한 사회는 범죄자고, 저년도 자신을 망하게 했으니 같은 범죄자 아니겠냐며, 경찰들은 귀가 먹었느냐, 범죄자를 죽인 게 무슨 죄냐는 말도 안 되는 악을 썼다.

　　그 소식을 나는 학교에서 들었다. 수업 중에 조교
가 갑자기 날 급하게 불렀다. 동기들은 웅성댔다. 왜,
무슨 일 있는 거야? 나는 그 상냥하고 가벼운 걱정에
마찬가지로 상냥하고 가볍게 대답해 줬다. 아니, 별거
아니야. 나 먼저 간다. 교수님 죄송합니다. 소식을 전
한 조교만이 얼빠진 얼굴로 나를 바라봤다.
　　나는 조교에게도 가볍게 인사를 하고 강의실을 빠
져나왔다. 그리고 걸었다. 마음이 이상하게 고요했다.
당연히 벌어질 일이었다는 것을 머리가 알고 있는 듯
했다. 지금 내가 해야 할 일도 이미 알고 있었다. 일단
뛰지 않고 집으로 갔다. 그곳에서 차분하게 식칼을 챙
겼다. 그리고 경찰서에 가서, 제가 저 사람 아들인데
요. 이게 갑자기 무슨 일인지…를 침착하게 말한 다음
고개를 푹 숙이고 있는 아버지의 목을 찔렀다.
　　아버지의 피가 내 얼굴에 튀었다. 오랜만의 사건
으로 너무 분주해서 내 행동을 막지 못했던 경찰들은
더더욱 분주해졌다. 더 더 더욱 분주해지기 싫었던 그
들은 내가 자해하는 것을 막았고 내 손목에는 수갑이
채워졌다. 그 뒤의 일은 잘 기억나지 않는다. 기자들은

나를 연예인 쫓듯 따라다녔다. 나에게는 패륜 살인자라는 별명이 붙었다. 그들이 뭐라 지껄이든 나는 신경쓰지 않았다. 말하는 게 귀찮아서 아무 말도 하지 않았다. 나와 우리 가족을 잘 모르는 사람들이 우리를 분석한 끝에 나에게 내린 판결에 대해 어떠한 반항도 하지 않았다. 단지 나는 틈만 나면 자살을 시도했다. 그 결과 나는 꿈처럼 몽롱한 몇몇의 과정을 거쳐 어떤 교도소에 수감되었다. 그리고 그곳에서의 첫날 밤에, 나는 깔끔하게 목을 맸다. 어머니의 〈작은 별〉이 들리는 것 같았다. 아니면 〈작은 별〉 같은 흐느낌일 수도 있었다. 해방감이 내 몸, 그리고 목을 감싸고, 완전히 시야가 깜깜해지자 귀에 익은 목소리가 들렸다.

"이제 두 번 남았어. 언제로 돌아갈래?"

6

찬석의 제안 이후로 우리는 거의 매일 밤 함께 골목을 걸었다. 찬석이 늦게 끝나는 날은 내가 그를 기다렸고, 내가 늦게 끝나는 날은 그가 나를 기다렸다. 우리는 언제부터인가 손을 잡았다. 밤 골목을 걸으며 많은 이야기를 나누었다. 스토커의 발소리는 들릴 때도 있고 들리지 않을 때도 있었다. 하지만 나는 찬석의 낮은 목소리 이외의 어떤 소리에도 관심을 두지 않았다. 고요한 골목길에서 들리는 것은 오로지 그의 목소리였고, 다른 것을 들을 귀가 나에겐 없었다. 나는 행복감에 취해 있었다.

찬석은 지방 공무원인 부모님을 둔 나와는 다르게 사업체를 가지고 있는 유복한 집안의 외아들이었다. 그는 작년에 군대에서 제대를 했고, 학교를 졸업하면 아버지의 사업을 이어받을 계획이라고 했다. 나는 지금 다니는 프랑스어학과를 졸업하면 잘 되어 봤자 학원 강사 정도나 할 터였다. 끼리끼리 만나야 한다던 어머니의 말씀이 떠올랐지만 그런 것은 중요하지 않았다. 우리는 밤하늘을 보며 걷다가 별을 발견하면 서로 한 소절씩 〈작은 별〉을 불렀다. 노래는 이야기가 되었다가 다시 노래가 되었다가, 마지막엔 잘 자, 라는 인사가 되어 나의 자취방 앞에서 끊겼다. 매일매일이 작은 별의 밤이었다.

그날 역시, 평소와 다름없는 작은 별의 밤이었다.

우리는 서로 잘 자, 라는 말을 열 번씩은 주고받은

뒤 헤어졌다. 찬석은 왔던 골목길로 되돌아갔고 나는 자취방으로 들어갔다. 조용한 자취방에서 옷을 갈아입고 있는데, 겉옷 주머니에서 뭔가가 툭 떨어졌다. 찬석의 손수건이었다. 아르바이트가 끝나고 포장마차에서 군것질할 때, 어묵의 간장이 손에 묻어 찬석이 닦아 주었던 것이다. 간장 자국이 동그랗게 말라붙어 있었다.

사실 손수건 따위는 바로 돌려주지 않아도 상관없었다. 내가 그 밤에 갈아입던 옷을 다시 챙겨 입고 골목으로 나간 것은 그런 핑계를 대서라도 찬석을 한 번 더 보고 싶었기 때문이다. 찬석의 걸음은 느렸다. 나는 걸음이 빠른 편이니 분명 금방 따라잡을 수 있을 터였다.

터덜터덜 걷는 뒷모습을 붙잡고, 손수건을 건네주고, 손도 한 번 더 잡고, 기왕이면 입맞춤도 한 번 더 하고. 그럴 생각에 나는 설렜다. 이윽고 골목의 코너를 돌았을 때 내 눈앞에 나타난 것은 듬직한 뒷모습이 아닌, 목에 칼이 박힌 채 피를 흘리며 쓰러져 있는 찬석이었다.

찬석은 목에 박힌 칼을 붙잡은 모습으로 정지해 있었다. 멀겋게 눈을 뜬 채였다. 검은 눈동자로 찬석의 붉은 피가 비쳤다. 찬석이 뽑지 못한 칼을 뽑은 것은 쓰러진 그를 내려다보고 있던 검은 옷의 남자였다. 남자는 꺾인 찬석의 목을 쥐고 칼을 쏙 뽑았다. 칼이 뽑혀 푹 꺾인 머리는 부서진 마네킹 같았다. 그리고 그제야, 남자는 그 모든 걸 지켜보고 있는 나를 발견했다. 사람이 너무 놀라면 아무것도 할 수 없다는 것을 나는 그때 알았다. 비명을 지르는 것도, 도망을 가는 것도, 경찰을 부르는 것도, 아무것도 할 수 없었다. 그저 동그랗게 눈을 뜨고 그 모든 것을 바라보고만 있었다.

검은 옷의 남자는 우는 것 같이 웃었다. 찬석을 찌른 칼로 나 역시 찌를 것이라는 생각과 달리 그는 나를 빤히 바라보며 이렇게 말했다.

"그래도 다행이야. 이게 마지막이에요."

뒤돌아 골목길을 뛰어가는 남자의 발소리를 들으며 나는 정신을 잃었다. 무엇이 마지막이라는 것인지, 무엇이 다행이라는 것인지, 남자의 말을 이해할 수는 없었지만 나는 남자가 뛰는 발소리를 알았다. 그 숱한 밤, 나를 따라오던 골목길의 발걸음. 나의 스토커. 그가 결국 찬석을 죽였다.

그리고 모든 게 암흑인 상태에서 처음 듣는 목소리가 나에게 말을 걸었다.

"기회는 세 번이야. 시간을 되돌려 줄까?"

나는 아마도 "응."이라고 대답했을 것이다. 분명히 그랬을 것이다. 그러자 온통 어두웠던 시야가 확, 환해 졌다. 지금, 나는 내 자취방 앞에서 찬석과 손을 잡고 있다. 손에 느껴지는 온기를 믿을 수 없었다.

"영희야, 영희야? 갑자기 왜 그래?"

나는 눈앞에 보이는 찬석을 껴안았다. 아까 그건 꿈이었나? 내가 겪은 건 현실이 아니었나? 아니다, 그럴 리가 없다. 목이 찢긴 찬석은 분명 현실이었다. 나는 내 품 안에서 느껴지는 온기를 놓칠 수 없었다. 찬석을 껴안고 어깨 너머로 어둠이 깔린 골목길을 바라 봤다. 우리가 걸어온 길이었다. 저 안 어둠 어딘가에, 검은 옷의 남자가 우릴 보고 있을 것이다. 그리고 나는 절대, 찬석을 저 안으로 보내지 않을 것이다.

"우리 집에서 자고 가."

찬석은 나를 거부하지 않았다.

7

나는 평소처럼 태연하게 "저 다녀올게요."라 말하

고 집을 나왔다. 여전히 어머니는 아무런 대꾸도 하지 않았다. 그동안은 아무렇지 않았는데, 이상하게 오늘은 좀 가슴이 시큰했다.

집을 나온 나는 아버지가 있을 만한 장소를 뒤지기 시작했다. 집 근처의 술집, 공원, 편의점, 다방, 그러다 문득 깨달았다. 내가 집 밖에 있는 동안 아버지가 향할 곳은 바로 어머니 홀로 있는 집이라는 것을.

그는 귀신같이 내가 없는 순간만을 골라 집을 쑥대밭으로 만들곤 했다. 나는 다시 집으로 뛰었다. 낡은 엘리베이터가 높은 층에서 움직이지 않아 집이 있는 층까지 계단을 뛰어 올라갔다. 현관문이 열려 있었다. 불길한 예감이 들었다. 그리고 대부분의 불길한 예감은 틀리지 않는다. 집 안에서 비명 소리가 들렸다. 나는 챙겨 나온 칼을 품에서 꺼냈다. 어머니를 살리는 방법은 이것밖에 없었다.

아버지가 어머니를 살해하기 전에, 내가 먼저 아버지를 죽여야 했다.

집 안으로 들어가자, 어머니의 머리를 움켜쥔 아버지가 보였다. 어머니의 이마에서 흐른 피가 바닥을 적시고 있었다. 붉은 피가 창백한 바닥을 물들이자,

불현듯 몸이 뒤틀리고 목이 꺾인 그녀의 모습이 떠올랐다. 절대 그렇게 되도록 둘 수는 없었다. 나는 마침내 이성의 끈을 놓아 버렸다. 그 시점에서 나는 이미 아버지와 같은 괴물이 된 것인지도 몰랐다. 하지만 아무래도 상관없었다. 나는 그의 아들이니 그와 같은 무엇이 된다는 것은 어찌 보면 당연했다.

내 머릿속을 채운 것은 오직 아버지를 죽여야 어머니가 산다는 사실뿐이었다. 두 번의 자살과 어머니의 죽음으로 내 정신은 이미 피폐해져 있었다. 선택과 집중을 해야 할 때였다. 아버지의 몸을 들이받아 쓰러트리고 그 위에 올라탔다. 그리고 한 치의 망설임도 없이, 당황스러움으로 번들거리는 눈을 바라보며, 그의 목을 찍었다. 마침내 그의 뜨거운 피가 불쾌하게 내 얼굴을 덮쳤다.

끝났다. 마침내 어머니는 살았다. 나는 고개를 돌려 어머니를 바라봤다. 그녀의 텅 빈 동공이 나를, 아버지를 죽인 나를, 그리고 목이 찢긴 아버지를 향했다.

어머니의 눈은 언제부터 저렇게 비어 있었을까. 저텅 빈 눈동자는 아무리 봐도 죽은 자의 것만 못한데. 차라리 죽음의 순간까지 발악하던 아버지의 부릅뜬 눈이 더 살아 있는 것처럼 느껴졌다. 어머니의 눈을 차마 계속 바라볼 수 없어 나는 고개를 틀었다. 벽에 붙어 있다 떨어져 깨진 거울에 내 얼굴이 비쳤다. 어머니의 텅 빈 눈이 그곳에 있었다. 텅 빈 괴물이었다. 내가 그것이었다.

이게 아닌데.

이게 아니다.

내가 바꾸고 싶었던 것은 이런 게 아니다.

나는 그제야, 어머니의 눈과 나의 눈을 보고서야, 누구를 막고 누구를 먼저 죽이든 아무 소용이 없다는 사실을 깨달았다. 문제의 시발점은 그보다 더 근본적인 곳에 있었다. 이보다 훨씬 이전에. 어머니가 표정을 잃기 전, 아버지가 술을 마시기 전, 아버지의 회사가 망하기 전, 그리고 우리가 행복했을 때보다 더, 더, 더 전에. 내가 태어나기 전에. 그 두 명이 만나기 전에.

"이제 한 번 남았어."

귀에 익은 목소리가 머릿속에 울렸다. 나는 이제 진짜로, 무엇을 해야 할지 알고 있다. 어떤 확신이 들었다. 나는 목소리에게 물었다.

"내가 태어나기 전으로도 갈 수 있어?"

"당연하지."

목소리가 기다렸던 대답이란 듯이 깔깔깔 웃어
댔다.

8

나와 찬석은 그날 밤 허름한 자취방의 작은 창문
으로 작은 별을 보았다. "반짝반짝 작은 별. 아름답게
비치네…" 우리는 서로 노랫말을 한 소절씩 읊었고, 항
상 하던 "잘 자."라는 말 대신 다른 소리를 주고받았다.

찬석이 내 옆에서 곤히 잠든 새벽에 나는 다른 생
각으로 잠을 잘 수 없었다. 무사히 이 밤을 넘겼다. 그
는 이 밤으로부터, 검은 옷의 남자로부터 살아남았
다. 하지만 이다음에는? 이다음에도 찬석이 안전하다
는 보장이 있나? 확신할 수 없었다. 알 수 없는 것투성
이였다. 이제는 그 밤에 있었던 일 역시 실제로 일어난
것인지 확신이 들지 않는다. "모든 건 네 착각이야." 누
군가의 목소리가 떠올랐다. 역시 내가 봤던 것은 꿈이
었나? 하지만 끔찍했던 잔상이 너무도 생생히 뇌리에

남아 있었다. 나는 내 고지식한 두뇌가 그런 정교한 장면을 상상해 낼 수 있을 것이라고는 생각하지 않는다. 내가 정신을 잃었을 때 들려온 목소리는 무엇이었을까. 시간을 되돌려 준다던 그 목소리.

찬석은 해가 뜨자 기숙사에서 교재를 챙겨야 한다며 일찍 나갔다. 나는 그가 골목으로 나가는 것 자체가 두려웠지만 그를 언제까지나 가둬 둘 수도 없는 노릇이었다. 하루만 수업을 빠지면 안 되겠냐는 나의 애원에 돌아온 것은 오늘따라 왜 이러냐는 대답이었다. 결국 그는 잠시만 기다리라는 말을 남기고 떠났다.

나는 하루 종일 다른 생각을 할 수 없을 정도로 불안했다. 하지만 다행스럽게도 그날은 싱거울 만큼 아무 일도 일어나지 않았다. 다음 날도, 그다음 날도 마찬가지였다. 아무 일도 일어나지 않았다. 평온이 반복되자 초조했던 마음이 누그러지기 시작했다. 어느 순간부터인가 기분 나쁘게 달라붙던 스토커의 시선도 느껴지지 않았다.

집 안의 물건들은 사소하게 바뀌거나 없어지지 않았고, 찬석의 먼 친척이 돌아가셔서 함께 골목을 걷지 못했던 날에도 나를 따라오는 발소리는 들리지 않았

다. 그 밤을 기점으로 스토커는 마치 애초에 존재하지
않았다는 듯이 조용히 자취를 감추었다.

　나는 하루하루가 행복했다. 찬석과 주고받는 사
랑과 스토커로부터의 해방감을 한 몸에 다 주체하지
못해 행복감이 넘쳐흘렀다. 과포화 상태였다. 나는 비
극을 피했다는 부분에서 약간의 뿌듯함까지 느꼈다.
영화의 해피 엔딩을 이끌어 낸 주인공이 된 듯한 기분
이었다. 주위 사람들은 종종 "어머, 너 요즘 얼굴 좋아
졌다. 그 의심병 다 나았나 보네. 연애하니."라며 비꼬
는 것인지 칭찬하는 것인지 알 수 없는 말을 건넸고 나
는 최대한 밝게 웃으며 그렇다고 답했다.

　그런 나날들이었다. 나는 언제까지고 이 행복한
날들이 계속될 것이라고 믿었다. 그리고 대부분의 이
야기들이 그러하듯이, 사람의 인생이란 것이 그러하
듯이, 이미 시작된 비극이 그러하듯이 그런 날들은 계
속되지 않는다. 그런 날들은 짧기에 달콤한 것이다. 비
극은 부메랑처럼 돌아오기 마련이고, 내가 해맑게 웃
던 그 시점에 다시 우리에게로 방향을 틀었다.

　스토커는 나에게서 떨어져 나간 것이 아니었다.
단지 잠시 표적을 바꿨을 뿐이었다. 나에게서 찬석으

로. 내가 오랜만에 동기들과 술자리를 가지느라 그를 만나지 못했던 밤이었다. 찬석이 늦은 시간까지 도서관에서 공부를 하고, 잠시 캔 커피를 사러 나온 그 순간 스토커는 또다시 찬석을 덮쳤다.

　나는 막걸리에 소주를 섞어 마신 다음 날 아침에 소식을 듣고 그의 시체를 확인했다. 찬석은 너덜너덜해진 목만 뺀다면 그냥 그렇게 누워 있는 것 같았다. 그냥 자고 있는 것 같았는데. 그의 차가운 손을 만지고서야 나는 그가 죽었다는 것을 알았다. 차갑고, 차갑고, 차가운 손…. 메슥거렸다. 구역질을 하는 나를 보고 동행한 경찰이 "아가씨 비위가 약하네, 전날 술 마셔서 그래."라고 말했다. 나는 뭐라 대답할 수가 없었다.

　아뇨. 아저씨, 이게 그, 술 때문은 아닌데 술 때문이 맞는 거 같기도 하지만 제 비위가 그렇게 안 좋다기보다는 어쨌든 보통인 정도인데 이게 그 찬석이 여기 누워 있으니 제 속이, 웩.

　그리고 화장실로 뛰어가 구토를 했다. 전날 먹은 소면과 김치전 따위의 안주들이 그대로 올라왔다. 안주들을 토해 낸 다음엔 술들을 토해 냈다. 어떤 덩어리도 없는 투명한 위액까지 토해 내고 나서야 나는 화장실에서 나올 수 있었다. 하지만 메슥거림은 멈추지 않고 계속되었다.

　무능력한 경찰은 범인을 잡지 못했다. 스토커는 머리카락 한 올, 흔적 하나 남기지 않고 자취를 감추었다. 마치 찬석을 죽이는 것이 인생의 목표였다는 듯이. 그 목표를 이루고 미련 없이 증발해 버린 것 같았다.

　나는 곰곰이 생각했다. 찬석의 장례가 치러지고, 그가 뼛가루만 남도록 태워지고, 강바람에 하얗게 날리는 동안 계속해서 생각을 했다. 생각, 생각, 생각. 그는 왜 죽었을까. 죽을 수밖에 없었을까. 진정 벌어질 일은 벌어지고 마는 것인가. 생각이 꼬리에 꼬리를 물고 머릿속에서 숨바꼭질을 했다. 이 생각을 하면 저 생각이 고개를 내밀고 저 생각을 잡으러 가면 이 생각이 다리를 걸었다. 밥도 먹지 않고 잠도 자지 않고 아무도 만나지 않고 생각의 꼬리잡기를 이어 나간 결과, 나는 한 가지 생각에 도달했다. 그러니까 결국은, 나의 스토커에게 살해당한 찬석이, 그러니까 그가 살려면, 살해되지 않으려면 나를 만나지 말아야 했다는 결론이다. 우리는 서로 만나지 말았어야 했다.

　머릿속에서 한 번 들어 본 적이 있는 목소리가 울렸다.

"이번에는 언제로 돌아갈지 정했어?"

"응."

목소리는 이제 두 번째야, 라는 말과 함께 깔깔 웃었다. 목소리의 주인이 누구인지는 중요하지 않았다. 어쨌든 목소리는 나에게 찬석을 살릴 기회를 주는 신이나 마찬가지였으니까. 내가 대답함과 동시에 시야는 어둠으로 가득 찼다.

달력은 찬석이 살해당하기 두 달 전을 가리키고 있었다. 내가 시골로 돌아갈지 말지를 고민하고 있을 시점. 아직 우리가 만나기 전이었다. 그리고 바로 오늘, 나는 밤의 골목에서 그를 만난다. 그는 바로 오늘 밤, 생전 처음 보는 겁을 먹은 나를 보고 반갑게 "세영아."라고 내가 아닌 이름을 부른다.

그러니 나는 오늘 그 골목을 걷지 않을 것이다. 정신이 들자마자 곧장 일하던 곳으로 전화를 걸었다. 그리고 급한 일이 생겨 그만둬야 한다고 말했다. 바로 내일부터 갈 수 없을 것 같다고. 죄송하지만 정말로 급하기 때문에 어쩔 수 없으니 이해해 달라는 말만 남기고 뚝 끊었다. 바로 짐을 싸기 시작했다. 여행 가방을 꺼내서 보이는 것들을 다 집어넣었다. 무엇이 들어 있는지 전혀 알 수 없는 짐 가방이 꾸려졌다. 나는 그 짐 가방을 들고 바로 버스 터미널로 향했다. 그곳에서 고향으로 가는 버스표를 끊었다. 버스는 20분 뒤에 출발했다. 모든 게 단 두 시간 사이에 벌어진 일이었다. 오늘 나는 서울에 없다. 서울에 있을 찬석을 만날 모든 가능성이 배제되었다. 오늘 우리는 서로 만나지 않을 것이고, 서로 이야기를 나눌 일도 없을 것이고 다음 날 카페에서 만나지도 않을 것이다. 그러니 내가 그에게 고백할 일도 없을 것이고, 그는 나에게 제안을 하지 않을 것이다. 매일 밤 골목을 걷지 않을 것이고 스토커의 눈에 띄지도 않을 것이다. 결국, 그는 죽지 않을 것이다. 그럴 것이다.

서울에서 버스를 탄 지 세 시간 만에 나는 고향에 도착했다. 갑작스럽게 집에 온 나를 보고 어머니는 이게 무슨 일이냐며 호들갑을 떨었다. 나는 어떠한 대답도 할 수 없었다. 대답은커녕 아무 말도 할 수 없었다. 그날 밤 나는 오랜만에 어머니가 차려 주신 밥을 두 공기나 먹었다. 원래는 찬석이 나를 보고 "세영아." 하며 아는 척을 해 왔을 시간이었다. 이 시간에서의 그는 나라는 사람을 모르겠지만 그는 살 것이다. 그거면 되었다. 이별은 나 혼자 하면 된다.

　나는 고향에서도 한 달 동안 집 밖으로 나가지 않았다. 그럴 리 없겠지만 행여나, 이 지역에 찬석이 친구들과 여행 따위를 와서 나와 마주칠 수도 있었으니까. 사람 일은 어떻게 될지 모르는 거니까. 부모님은 아무 말도 하지 않고 그런 나를 걱정하셨다.

　나는 집 안에서만은 평범하게 행동했다. 아무렇지 않은 척, 아무 일도 없는 척, 그럼에도 부모님은 이따금 밥을 먹다가 왜 밖에 나가지 않는 것이냐고 물었고, 나는 그냥 나가고 싶지 않아서, 라고 대답했다. 그 뒤로는 더 캐묻지 않으셨다. 그게 나는 마냥 고마웠다.

　한 달이 지나고부터는 가끔 외출을 했다. 집 앞의 슈퍼를 다녀오거나 집 근처의 공원을 산책했다. 더 시간이 지난 후에는 드문드문 고향 친구들을 만났다. 가끔씩 아무 목소리도 낼 수 없는 날들이 있었지만 고향에서의 나날들은 대체로 평화롭고, 안정적이었다. 어떤 변화도 없었고 모두 알던 사람들이었다. 이곳에서 한 1년만 지내면 모두 잊을 수 있을 것 같았다. 내가 찬석을 만났었다는 사실도 잊을 수 있을까. 아니, 그것은 힘들 것이다. 하지만 지금의 그가 나를 모른다는 사실 정도는 버틸 수 있을 것 같았다.

　나는 그냥 그런 생각을 하며, 아침 식사로 어머니가 차려 주신 순두부찌개와 달걀말이, 그리고 참나물을 먹고 후식인 과일을 집어 먹고 있었다. 사과와 감이었는데, 사과는 시간이 지나서 갈변되었고 단감은 그리 달지 않고 약간 텁텁했다. 단감이면 달아야 되는 거 아닌가. 왜 단감이 달지 않고 떫지. 소파에서 내 옆에 앉아 있는 아버지 역시 단감이 아닌 떫은 감을 집어 먹으며 신문을 보고 계셨다. 괴한, 아마도 사회 부적응자로 추정되는 누군가가 저지른 묻지 마 살인사건에 관한 기사였다. 범인은 아직도 잡히지 않은 상태였다. 무차별 살인이라니, 그 많은 서울 인구 중에서 하필 눈에 띄어, 아무 이유도 없이 죽임을 당하는 건 무슨 느낌일까. 견딜 수 없는 억울함이겠지. 나는 그 기분을 안다. 아버지가 보는 신문을 곁눈질로 계속 읽었다. 그리고 나는 기사의 한구석에서 낯익은 얼굴을 발견했다.

　서울 금진구 모 대학 재학 중이던 김 모 씨, 괴한에게 찔려 살해당해 찬석의 얼굴이 그곳에 있었다.

감은 여전히 떫다.

9

내가 태어나기 전, 어머니와 아버지가 결혼을 하기 전, 어머니와 아버지가 사랑에 빠지기 전, 어머니와 아버지가 마주치기 전, 그때 그 시점. 우리 가족의 비극이 시작된 시점으로 돌아가야 한다. 아버지와 어머니는 만나지 말았어야 했다. 둘이 만나지 못하고 둘이 결혼하지 않는다면 비록 나는 태어나지 않겠지만, 그것이 바로 내가 바라는 것이었다. 어머니를 위해서라면 나는 없어져도 좋았다. 나는 그 시점으로 돌아가기 위해 어머니가 어릴 적 나에게 했던 이야기들을 떠올리며 기억을 더듬어 내려갔다.

"옛날에, 아주 나쁜 사람이 있었어. 엄마를 막 괴롭히고, 맨날 따라다니면서 무섭게 했어."

"나쁜 사람이다."

"그치. 어느 날 그 나쁜 사람이 엄마에게 해코지를 할까 봐, 겁에 질려서 걷고 있는데, 저 멀리서 처음 보

175

는 사람이 갑자기 뛰어오더니 엄마를 나쁜 사람으로 부터 지켜 줬어."

"우와! 그 사람은 좋은 사람이네."

"그치? 그게 바로 네 아빠야. 아빠가 지금은 많이 힘들지만, 사실은 그렇게 좋은 사람이었어. 그러니까 아빠를 너무 미워하지 마. 아빠는 사실 좋은 사람이야."

"몰라. 그건 모르겠어. 계속 모를래."

어머니는 아버지를 만나고 1년을 연애하다가, 내가 생기는 바람에 결혼을 서둘렀다고 했다. 그 시점으로 가야겠다.

나는 1990년 1월로 돌아갔다. 어머니가 아버지를 만났던 해가 1990년이란 것은 알았지만 정확히 몇 월, 며칠, 언제 어디서 만났는지는 알 방법이 없었기 때문에 첫 달인 1월로 돌아간 것이다. 가자마자 난 어머니가 다녔다는 학교를 찾았다. 과 사무실 사람들이 점심을 먹으러 나간 틈을 타 학생 기록을 뒤졌다. 86학번 최영희, 어머니의 이름이었다. 거기서 어머니의 집 주소를 알아냈다. 옛날이라 모든 기록이 아날로그적인 방법으로 보관되어 있었기 때문에 가능한 일이었다.

요즘처럼 정보에 비밀번호가 걸려 있어, 수시로 인증을 해야 했다면 찾기 힘들었을 것이다.

그 뒤로는 늘 어머니를 따라다녔다. 젊었을 때의 어머니, 나를 갖기 전의 어머니는 생각보다 훨씬 생생하고 아름다웠다. 저 모습을 그대로 지켜 주고 싶었다. 아버지와 나 같은 불순물이 어머니의 인생에 끼어들지 않게 내가 지켜 줄 것이다.

어머니의 아르바이트는 늦은 시간에 끝났다. 나는 그녀의 밤길을 따랐다. 내 나이의 어머니를 따라 걷는 것은 묘한 기분이었다. 집에서 쫓겨나 한없이 골목을 맴돌던 어릴 적이 떠올랐다. 가끔 그녀는 내 발소리를 듣는 듯했다. 태연히 걸을 때도 있었고 갑자기 뛸 때도 있었다. 그녀가 갑자기 뛰면 나는 굳이 따라가지 않았다.

나는 그 뒤로 더욱더 소리 내지 않고 숨어 걸었지만 그녀가 갑자기 뛰는 날은 종종 있었다. 뛰는 어머니의 뒷모습을 보면 갑자기 슬퍼지곤 했다. 미래에서 온 나로부터 도망치는 그녀가, 마치 내가 괴물이라고 말하는 것 같았다. 맞는 말이었다. 나는 어머니에게 닥친 모든 불행의 씨앗이었다. 절대 그녀 앞에 모습을 드러내지 않을 것이다. 이 끔찍한 모습을 보여 줄 자신이 없다. 가끔은 집에 들어가 연락처나 수첩 같은 것을 뒤졌다. 행여나 내가 따라다니지 못했을 때 아버지와 만났을 수도 있을 테니까. 하지만 수첩과 방에서는 아직 아버지의 흔적을 발견할 수 없었고 나는 대개 그냥 돌아 나오곤 했다.

내가 태어나기 전의 과거로 넘어오면서 나는 배고픔을 느끼지 않게 되었다. 아마도 미래의 시간이 멈춰졌기 때문인 것 같았다. 잠도 자지 않을 수 있었지만 길고 따분한 하루를 버티기가 힘들어 간간이 자주었다. 동네 공원 벤치에서 잘 때도 있었고 지하철역에서 노숙자 체험을 할 때도 있었다. 어머니가 다니는 학교의 학생인 척 휴게실이나 도서관에서 잠든 적도 있었다.

나중에는 근처 판자촌의 빈집을 발견해 그곳에서 시간을 때우곤 했다. 어머니를 따라다니지 않는 날이면 나는 그 폐허의 공간에서 주로 생각을 했다. 생각, 생각, 생각. 아무리 생각해도 답은 하나였다. 어머니와 아버지가 사랑에 빠지기 전에 아버지를 죽이는 것. 만날 인연은 굳이 그 순간이 아니어도 언제든 만날 수 있으니 둘이 영영 만나지 못하게 하나를 없애야 한다. 나는 미래에서 가져온 유일한 물건인 과도를 쥐었다.

그리고 사흘 뒤, 밤의 골목에서 어머니와 아버지가 만났다. 아버지는 어머니를 "세영아."라고 불렀고 어머니는 애매한 말투로 "응, 찬호야."라고 대답했다. 어머니의 이름은 세영이 아닌 영희였고 아버지의 이름은 찬호가 아닌 찬석이었다. 하지만 나는 남자를 보는 순간 한눈에 그가 나의 아버지란 것을 알 수 있었다. 둘은 서로 친한 척 이야기를 나누었지만 아마 누구라도 조금만 자세히 본다면 서로 처음 만난 어색한 사이란 것을 알아챘을 것이다. 그들이 말도 안 되는 이야기를 지어내며 나를 의식하는 것이 느껴졌다. 둘은 밤 골목을 계속 함께 걸었지만 난 그날은 더 이상 그녀를 따라갈 수 없었다.

　옛날에, 아주 나쁜 사람이 있었어. 엄마를 막 괴롭히고, 맨날 따라다니면서 무섭게 했어.
　응. 나쁜 사람이네.

　어머니를 괴롭히고, 늘 따라다니면서 그녀를 무섭게 했던 나쁜 사람이 바로 나라는 것을, 미래에서 온 아들, 비극의 증거, 불행의 씨앗인 바로 나라는 사실을 나는 이제야 깨달았다. 이게, 어떻게…. 시간을 되돌려 준다며 깔깔깔 웃던 목소리의 주인은 신이 아니라 악마였다.

나는 그 길로 폐허에 처박혔다. 그리고 다시 생각을 시작했다. 또다시 생각, 생각, 생각. 이게 어떻게 된 거지. 그러니까, 결국 어머니와 아버지를 만나게 해 준 것이 미래에서 온 나였다는 것이다. 내가 어머니를 지켜 준답시고 따라다닌 것이 결국 그녀를 괴롭히고 이런 결과를 만들어 낸 것이다. 내가 바로 그녀의 나쁜 사람이었고, 좋은 사람으로서의 아버지를 만나게 해 주었다. 전부 내 탓이었다. 미래에서 온 내가 그 둘을 만나게 했고 그 둘을 사랑에 빠지게 했다. 결국 둘을 불행하게 만들었다.

나는 절망에 몸부림쳤다. 나의 선택을 후회했다. 살면서 한 번이라도 후회하지 않는 선택을 한 적이 있던가. 내 모든 선택은 후회의 연속이었고 이번 역시 그랬다. 하지만 이제 와서 다시 돌아갈 수는 없었다. 이번이 나의 세 번째이자 마지막 기회였다. 그 둘이 나로 인해 만나게 되었든, 나로 인해 결혼하게 되었든 이제는 상관없다. 그 원인이 나라는 것을 알았고 나는 저 둘의 미래, 그리고 나의 현재와 절망을 알고 있으니 내가 고를 수 있는 선택지는 하나였다. 나는 원래 계획대로 아버지를 죽일 것이다.

다음 날 나는 그들이 지나가는 골목 어딘가에 몸을 숨겼다. 아버지와 어머니가 손을 잡고 서로 〈작은별〉을 한 소절씩 나눠 부르는 소리가 들렸다. "반짝반짝 작은 별, 아름답게 비치네…"아, 이 노래. 어머니가 내 손을 잡고 추운 밤거리를 배회하며 부르던 노래. 이 노래도 결국은 내가 아니라 아버지에게 불러 주는 노래였던가. 서로의 미래를 모르고 마냥 행복해하는 그들이 안쓰럽고, 부러웠다. 부럽고 슬펐다. 너무 슬퍼서, 나는 그 좁은 골목 틈에서 어머니를 데려다주고 홀로 돌아오는 아버지를 기다리며 울었다. 젊은 아버지를 마주할 때까지 계속 울었다.

왜 우리는 이렇게 된 거지. 어머니와 아버지는 왜 이때처럼 계속 행복하고 아름다울 수 없었던 거지. 이렇게나 반짝반짝 빛나던 그들이었는데. 품 안의 과도를 버릴까 고민하던 그때, 쭈그려 앉아 있던 나의 어깨에 누군가가 손을 얹었다. 맑고 반짝반짝한, 작은 별이 박힌 동공이 나를 바라보고 있었다. 그가 나에게 말을 걸었다.

"추운데, 괜찮으세요?"

아, 나의 아버지는 안타깝게도, 나의 젊은 아버지는 어머니 말씀대로 좋은 사람이 맞았다.

그리고 나는 품속의 칼을 고쳐 잡았다.

'좋은 사람'인 아버지에게 마음이 흔들리는 바람에 나는 한 번에 그를 찌르는 데에 실패했다. 갑작스러운 공격에 그는 넘어질 뻔하였으나 오히려 그 덕분에 어깻죽지만 살짝 다치고 내 칼을 피했다. 그 뒤로 우리는 엎치락뒤치락하며 몸싸움을 했다. 체격이나 힘은 그가 더 위였으나 나에게는 무기와 절박함이 있었다. 이번이, 정말로 마지막이라는. 내가 그의 배를 가격했고 그가 나의 다리를 찼다. 나는 풀썩 넘어져서 바로 다시 일어나지 못했지만 도망가려는 그의 발목을 잡아챘다. 쿠당탕 하는 소리와 함께 그가 넘어졌다. 넘어진 아버지의 위에 빠르게 올라탔다. 그리고 거친 숨을 내쉬며 그의 목을 찌르기 위해 칼을 높이 쳐들었다.

푹.

칼이 살을 뚫는 소리가 났다. 아버지의 목은 깨끗했다. 어디선가 흐르는 피가 바닥을 붉게 물들여 갔다. 어디서 나는 피인가, 하고 보니 내 배에서 흐르는 피였다. 칼에 찔린 것은 아버지가 아닌 나였다. 나는 뒤를 돌아봤다. 어머니가 그곳에 있었다. 젊은 어머니의 손에 칼이 들려 있었다. 손에 힘이 빠진 나는 들고 있던 칼을 바닥에 떨어뜨렸다. 그 틈을 타 내 밑에 깔려 있던 아버지가 빠져나왔다. 나에게서 벗어난 아버지는 담벼락에 등을 기댄 채 어찌할 바를 모르고 있었다. 넋이 나간 얼굴이었다. 어머니는 그런 아버지에게 다가가 어디 다친 곳은 없냐, 피 나는 곳은 없냐며 몸 곳곳을 확인하고는 그를 와락 껴안았다. 내 배에서는 여전히 피가 흐르고 있었다. 천천히 감기는 눈에 마지막으로 비친 것은 너무나도 애틋한 연인인 어머니와 아버지의 모습이었다. 나는 마지막으로 어머니의 〈작은 별〉을 듣고 싶었지만, 그녀는 날 위해 노래해 주지 않았다. 시야가 흐려지고 몸이 가벼워졌다. 나는 세 번의 기회를 다 써 버렸고 결국 과거의 아버지를 죽이지 못했다. 이제 미래는 어떻게 되는 걸까?

"어떻게 되긴, 아무것도 바뀌지 않아."

귀에 익은 목소리가 말했다. 맞는 말이다. 결국, 벌어질 일은 벌어지는 법이다.

10

마지막 남은 기회를 썼다. 이번이 마지막으로 찬석을 살릴 수 있는 기회였다. 신문을 보자마자 머릿속에 목소리가 울렸고 나는 한 치의 망설임도 없이 맨 처음으로, 찬석이 살해당하는 날로, 그와 집 앞에서 헤어지기 직전으로 시간을 돌렸다. 검은 옷의 남자를 맞닥뜨릴 수 있는 날은 이날밖에 없었다.

나는 원래의 '그날'처럼 찬석과 밤 인사를 주고받으며 헤어졌다. 너무 오랜만에 듣는 그의 목소리에 눈물이 날 것 같았지만 지금은 그럴 여유가 없었다. 찬석과 헤어지자마자 집 안으로 뛰어 들어가 칼을 챙겨 나왔다. 그리고 아직 멀리 가지 않은 찬석의 뒤를 쫓았다. 조용히, 품에 칼을 안고.

골목을 걷던 찬석이 갑자기 담벼락 틈으로 고개를 돌렸다. 그 틈에 누군가가 앉아 있었다. 검은 옷의 남자였다. 남자는 쭈그려 앉아 고개를 숙이고 있었다. 그 모습을 그냥 지나치지 못한 찬석은 그에게 다가가 "괜찮으세요."라 말을 걸었다. 대답 대신 날렵한 과도가 돌아왔다. 남자는 약간은 엉성하게 칼을 휘둘렀고 찬석은 너무 놀라 휘청거린 덕분에 칼을 피할 수 있었다.

나는 품에 칼을 꼭 쥐고는 그들을 지켜봤다. 아직은, 아직은 적절한 타이밍이 아니었다. 남자와 찬석의 몸싸움이 이어졌다. 남자가 찬석의 배를 치고 찬석이 남자의 다리를 걷어찼다. 주저앉은 남자가 도망가려는 찬석의 발목을 잡아채 넘어뜨렸다. 그러고는 순식간에 넘어진 찬석의 위로 올라타 칼을 쳐들었다.

　　바로, 지금이다.

　　푹.

　　칼로 남자의 배를 찔렀다. 얇고 견고한 쇠 날로 살아 있는 것을 꿰뚫는 느낌은 역겨웠다. 칼을 비틀자 꿀렁거리는 안의 내장들이 느껴졌다. 바닥에 남자의 배에서 흐른 핏물이 고여 갔다. 남자는 찬석을 해하려던 칼을 떨어뜨리고는, 고개를 돌려 나를 바라봤다. 상황을 이해할 수 없다는 듯한 얼굴이 나와 마주치자 놀라움으로 가득 찼다. 놀라움은 마침내 왜인지 모를 안타까움으로 변해 갔다. 그는 결국 바닥에 풀썩 쓰러졌다.

　　그 틈에 빠져나온 나는 넋이 나간 찬석에게 다가가 그의 몸을 살폈다. 다행히 그가 다친 곳은 칼에 스친 어깨가 다였다. 쓰러진 남자의 눈동자가 우리를 향했다. 남자의 시선이 너무나도 슬퍼서, 나는 그것을 일부러 외면하고는 찬석을 와락 껴안았다. 살아 있는 찬석의 손이 내 등을 토닥였다. 그가 있으면 되었다. 그가 살았으니 된 것이다.

다시 뒤를 돌아봤을 때, 남자는 바닥에 널브러진 채 완전히 눈을 감고 있었다. 분명히 나를 몇 개월간 괴롭힌 스토커인데, 찬석을 수없이 죽이려 했고 실제로 죽였던 끔찍한 존재인데, 나는 그가 눈을 감은 것이 너무도 가슴 아파서 바닥에 주저앉아 엉엉 울었다. 내가 왜 우는지도 모른 채로 쓰러진 남자를 보며 계속, 조용한 골목에 쩌렁쩌렁 울리도록 엉엉 울어 댔다.

하염없이 우는 나를 찬석이 조심스럽게 불렀다.

"여, 영희야, 저거 봐. 저게 어떻게."

남자의 몸이 점점 투명해지고 있었다. 농도 100퍼센트의 물감에 물을 한 컵 부어 휘저은 것처럼, 그의 몸이 점점 연해졌다. 마치 이 세상에서 증발하고 있는 것 같았다. 나는 바닥을 기어 투명해지는 남자에게 다가갔다. 그리고 아래부터 사라지던 그의 몸이 마침내 머리만 남았을 때, 나는 그를 품에 안고 말했다.

"미안해…."

그리고 검은 옷의 남자는 완전히 사라졌다.

11

나의 이야기는 끝났다. 나는 더 이상 어떤 말도 할 수 없다. 내가 쥐었던 칼날이 내 목을 꿰뚫었기 때문에, 그 차가운 쇠에 막혀 목소리는 나오지 않는다.

12

오늘 아침, 잠에서 깨자마자 초밥이 먹고 싶었다. 이상한 날이었다. 입맛이란 것을 잊어버린 지 꽤 되었기 때문에 구체적인 무엇이 먹고 싶다는 느낌이 든 건 무척 오랜만이었다.

"세호야. 초밥이 먹고 싶어."

세호. 나와 찬석이 낳은 아이의 이름. 우리가 처음 만났을 때 찬석은 나를 세영이라고 불렀고 나는 찬석을 찬호라고 불렀다. 우리는 그 잘못 부른 이름들에서 한 글자씩을 가져와 아이의 이름을 지었다. 세호, 소리 내어 불러 본 지 너무나 오래된 이름이다.

아이가 어릴 적에는 하루에도 수십 번씩 부르던 이름인데, 언제부터인가 부르지 않게 되었다. 부르지 않았다기보다는 부르지 못했다는 표현이 맞을 것이다. 아마 아이의 키가 점점 커지고, 얼굴의 윤곽이 잡혀 가면서부터였다. 나는 차마 그 아이를 우리들의 이름으로 부를 수가 없었다. 커 가는 아이의 얼굴이 점점 '검은 옷의 남자'의 얼굴이 되어 갔기 때문이다.

어떻게 잊을 수 있을까. 세 번이나 찬석을 죽이려 했고 그중에 두 번은 진짜로 죽였으며, 결국 한 번은 내가 죽였던 그 얼굴을. 내 눈앞에서 홀연히 증발해 버린 그 남자를. 우리의 아이가 그 남자가 되어 가고 있었다. 그 얼굴은 아이가 고등학생이 되고, 성인이 되어 가면서 더욱 뚜렷해졌다. 나는 아이를 사랑했지만 아이를 바라볼 수 없었고 우리의 이름으로 부를 수도 없었다. 그래서 아무것도 하지 않았다. 아이를 보지도 않고 부르지도 않았다. 인정하기 싫은 현실에서 도망치려면, 외면하는 수밖에 없었다.

역시 오늘은 이상한 날이었다. 오늘 문득, 모든 것이 귀찮아졌다. 찬석은 이미 내가 사랑했던 찬석이 아니고 나 역시 그때의 내가 아닌데 아무렴 어떠랴, 하는 생각이 들었다. 한때 내가 사람을 죽여서까지 지켜 냈던 나의 사랑이, 삶을 견디지 못하고 저 아래로 곤두박질쳐 바닥을 기는 것을 지켜보는 것도 너무 힘들었고 끔찍한 남자의 얼굴을 한 사랑하는 아이에게 죄책감을 느끼는 데에도 질렸다. 계속 어렴풋한 과거 안에만 갇혀 있는 나 자신도 혐오스러웠다. 그냥, 이라는 말만큼 적절한 것이 없었다. 그동안 수많은 날들을 그래도 버텨 왔는데, 이렇다 할 어떤 계기도 없고 사건도 없이 그냥, 모든 것을 관두고 싶었다. 그 와중에 오직 초밥이 먹고 싶었다.

내가 늘 외면했던 아이는 나의 그 가느다란 한 마디에 얇은 겉옷만 걸치고 뛰어나갔다. "그렇게만 입고 나가면 추울 텐데. 지갑에 돈은 있니. 너무 급하게 뛰지 말아라. 넘어지면 안 돼." 나는 목구멍까지 차오른 말들을 차마 뱉지 못했다. 그중 제일 하고 싶었던 말은 미안하다는 말이었다. 아무래도 아이가 사 오는 초밥을 나는 먹을 수 없을 것 같다.

나는 지금 찬석을 보고 있다. 정확히는 술에 취해 동공이 풀린 찬석과 그가 나를 향해 쳐든 과도를 보고 있다. 그의 정신은 지금 이 집에 없다. 저 하늘이나 바다, 혹은 땅의 아주 깊숙한 곳 어딘가를 헤매고 있을 것이다.

　찬석이 이렇게 되어 버린 것은 그의 회사가 폭삭 망하고부터였다. 그의 아버지가 힘들게 일구었던 것을 너무 쉽게 물려받은 찬석은 파도에 휩쓸리는 모래성처럼 허무하게 무너지는 것들을 이해하지 못했다. 그래서 그는 그렇게 무너진 회사와, 회사의 주인인 자신을 이해하지 못했다. 나를 설레게 했던 찬석 안의 '좋은 사람'도 회사와 함께 사라져 버렸다. 그래서 그는 지금 나를 향해 과도를 들이밀고 있는 것이다. 과도. 마땅히 베어야 할 것은 과일뿐이지만 지금 나를 위협하고 있는 저 과도. 나는 저것을 본 적이 있다. 아주 오래전에 나는 저 칼을 보았다. 그리고 깨달았다. 20여 년 전, 검은 옷의 남자가 휘둘렀던 칼이었다.

　그리고 마침내 이성이 나간 찬석이 마구잡이로 그것을 휘두르다 내 목을 그어 버린 순간, 나는 모든 것을 이해할 수 있었다. 검은 옷의 남자의 얼굴이 왜 아이의 얼굴인지, 나는 왜 그때 엉엉 울었는지, 아이가 왜 과거의 찬석을 죽이려고 했는지, 왜 그 자신이 사라지고 말았는지…. 이해할 수 있었다. 바닥은 이미 내 목에서 뿜어져 나온 피로 흥건하다. 찬석의 표정을 보고 싶은데 고개를 들 수 없다. 멀리서 아이가 초밥이 담긴 비닐봉지를 들고 뛰어오는 소리가 들린다. 의식이 점점 흐려진다. 아이와 초밥을 함께 먹지 못한 것이 미안하다. 하지만 나는 이미 세 번의 기회를 다 써 버렸기 때문에 시간을 되돌릴 수 없다. 수십 년 만에 머릿속에서 울리는 귀에 익은 목소리는 깔깔깔, 하고 웃는다.

"결국 벌어질 일은 벌어지지. 깔깔깔."

나는 눈을 감는다.

아이가 현관을 들어오는 소리를 마지막으로, 나는 아무것도 들을 수 없다.

작가의 말

첫 책을 내고서 시간이 꽤 흘렀음에도 작가의 말을 적는 건 여전히 어렵습니다. 한참을 생각하다 결국 이렇게 멋없이 시작해 버리고 말았네요. 고민할수록 망설임만 커지고 답이 나오지 않는 건 작가의 말뿐만이 아니라 소설을 쓸 때도 마찬가지인 듯합니다.

《칵테일, 러브, 좀비》를 처음 출간할 때까지만 해도 제가 2024년까지 글을 쓰고 있으리라고는 생각지 못했습니다. 우연과 호기심에 기대서 첫 단편 소설을 쓴 후에도 작가라는 직업은 제가 상상한 미래 항목에 존재한 적이 없었습니다. 그런데 시간이 흐르고 보니, 저는 계속 글을 쓰고 있네요. 늘 이야기를 추종했지만 이야기를 직접 짓는 사람이 될 거라고 믿지는 못했습니다. 좋아하는 건 그저 좋아하는 대상으로 남겨두고 싶었지만, 이제 와서 그건 불가능하니 갈 수 있는 곳까지 가 보려 합니다.

어떤 소설도 결국 현실을 따라오지는 못하겠지요. 허구에 잠시나마 몰입하게 도와주는 개연성이 막상 현실에는 존재하지 않을 때면 혼란에 휩싸이곤 합니다. 지난해에는 물질로서의 책과 요즘 같은 세상에서 이야기를 읽는 이유에 대해 자주 생각했습니다. 생각은 대체로 좁아지고 깊어지는 게 아니라 잡념들과 함께 산발적으로 뻗어 가서, 딱히 그럴듯한 결론에 도달하지는 못했습니다. 그 과정에서 간신히 움켜쥔 두 문장은 '모르겠고 일단 잠을 잘 자자!'와 '이왕 쓸 거면 아름다운 이야기를 쓰고 싶다.'입니다.

아름답지 않은 사건이 끊임없이 벌어지는 세상인 만큼, 적어도 제가 쓰는 소설 안에서는 일말의 반짝임을 남기고 싶습니다. 어쩌면 제가 도망친 곳에서 허구를 만났기 때문인지도 모르겠습니다.

이야기란, 한여름 해변가에 꽂힌 파라솔이 만들어 낸 그늘 같은 게 아닐까요? 그림자가 진 곳에서 잠시 쉬면, 뙤약볕을 버틸 힘이 나지요. 그늘에게는 그늘만의 역할과 매력이 있습니다. 제가 앞으로 쓰게 될 이야기들이 바로 그런 서늘함이 되기를 바랍니다.

오래 기억하고 싶은 분들이 많습니다. 책이 나올 수 있도록 힘써 주신 많은 분들, 기다리고 읽어 주시는 모든 분들께 진심으로 감사합니다.

2024년 5월

조예은 드림

초판 작가의 말

단편집에 실린 제 첫 번째 단편, 〈오버랩 나이프, 나이프〉를 쓸 때 그런 생각을 많이 했습니다. 이런 이야기를 써도 되는 건가? 뭔가, 그때 저에게 소설이란 '엄청 똑똑하고 대단한 작가의 완벽한 통제 아래 굉장히 정교하게 만들어지는 심오한 예술 작품' 같은 느낌이었어요. 감히 해서는 안 되는 걸 한다는 수치스러움마저 들었습니다.

유난히 추운 겨울이었던 걸로 기억합니다. 소설을 써서 무얼 하고 싶은지, 이렇게 쓰는 게 맞는지, 무엇 하나 확신할 수 없었지만 그럼에도 쓸 수 있을 것 같았기에 썼습니다. 당시의 저는 할 수 있는 것도 잘하는 것도 없는 거 같아서, 완성해 낼 수 있는 무언가를 찾는 데 절박했거든요.

그렇게 소설 한 편을 완성한 덕에, 이렇게 개인 단

편집 출간이라는 지점까지 오게 되었네요. 저에게는 의미와 애정이 깊은 단편입니다. 이 단편집에는 〈오버랩 나이프, 나이프〉 말고도 망설임과 함께 묵혀 두었던 세 가지 이야기들이 담겨 있습니다. '이게 될까?' 싶은 날것의 상념들을 구체화한 결과들입니다. 영영 묵혀진 채 그대로 바래 버렸을 수도 있었던 이야기들을 세상에 꺼낼 기회를 준 안전가옥에 먼저 감사의 말을 전합니다.

모든 창작 활동이 그렇지만, 갈수록 망설임이 많아지는 걸 느낍니다. 가끔은 첫 단편을 썼을 때처럼 아무것도 모른 채로 막 나갔던 시절이 그리워지기도 합니다. 하지만 그때와 다름없이, 제 글 안의 캐릭터들은 항상 선을 넘고 앞으로 달려 나갈 테니, 그 끝을 지켜봐 주시기 바랍니다. 독자분들이 결말 다음의 이야기를 상상할 수 있다면 무척 즐거울 것 같습니다.

마지막으로, 제가 놓친 세심한 부분까지 살펴 준 스토리 PD 헤이든과 이혜정 편집자님, 〈습지의 사랑〉의 집필에 도움을 준 S, H에게도 고마운 마음을 전합니다. 이번에도 역시 외롭지 않게 작업할 수 있어서 다행이었습니다.

프로듀서의 말

《칵테일, 러브, 좀비》는 안전가옥 쇼-트 시리즈의 두 번째 책이자, 조예은 작가의 첫 번째 단편집입니다. 안전가옥 오리지널 시리즈의 첫 책《뉴서울파크 젤리장수 대학살》을 통해 만났던 그의 또 다른 이야기가 궁금하던 차에, 그가 들고 온 짤막한 이야기 몇 편을 처음 보았던 날이 떠오릅니다. 그날도 저는 '너무'와 '정말'이라는 말을 남발했던 것 같습니다.

단편집의 초기 기획 시점부터 '문을 여는 이야기'로 점지했던 〈초대〉는 여성 빌런의 탄생을 그리고 있습니다. 눈에 보이지 않지만 분명히 느껴지는 미묘한 폭력의 순간을 은유한 '가시'라는 소재와 어머니 빌런인 태주의 짤막한 대사가 어우러져, 잔혹함 속에서 위로를 전하는 이야기입니다. 물귀신과 숲귀신의 사랑 이야기인 〈습지의 사랑〉은 읽자마자 반했던 작품입니다. 사랑스럽다는 말 외에 달리 표현할 길이 없고, 다른 표현을 찾지 않아도 될 만큼 아름다운 이야기입니다. 어쩌면 무분별하게 부동산을 개발하는 자들은 숲만 파괴하는 것이 아니라 누군가의 사랑을 방해하고 있을지도 모를 일입니다. 이 책의 표제작이기도 한 〈칵테일, 러브, 좀비〉는 조예은 작가가 자주 살피는 '가족' 소재를 다루고 있습니다. 뱀술을 먹고 좀비가 되어 버린 아버지와 그 가족을 그린 좀비물이자 오컬트 장르의 이야기입니다. 가부장제를 비판한다는 측면에서 주인공의 행동이 여성 독자들에게 어떻게 다가갈지 개인적으로 기대되는 작품이기도 합니다. 네번째 단편 〈오버랩 나이프, 나이프〉는 황금가지 타임 리프 공모전에서 우수상을 차지했던, 완성도 높은 타임 패러독스 장르물입니다. 시간을 오가며 노력해도 끝내 비극 속에 갇히는 인물들의 처절함이 읽는 내내 마음에 남는 작품입니다. 굵직한 존재감에 걸맞게 단편집의 마지막 자리를 채웠습니다.

어떤 감정은 누군가 이토록 생생하게 끄집어내 주어야만 그 존재를 비로소 인정하게 됩니다. 조예은 작가가 쓴 네 편의 이야기는 마음속 어둡고 축축한 곳에 있는 감정, 특히 여성이 느낀 감정을 홀대하지 않고 쓴 이야기입니다. '홀대하지 않는 태도'는 자연스럽게 단편집의 톤을 결정했습니다.

단편집을 함께 만들어 가는 일은 마치 사진 보정 메뉴를 하나씩 거쳐 가며 색을 보정하는 일 같았습니다. 수록된 네 편의 이야기는 조금 낯설지라도 일부러 일상과 큰 격차를 둘 만큼 채도, 대비, 그림자 메뉴에 오래 머물며 다듬은 작품들입니다.

부디 이 네 편의 작품이 독자의 마음속 적당한 곳에 오래도록 자리 잡길 바랍니다. 더불어, 짧은 이야기가 남긴 아쉬움이 작가 조예은의 다음 작품에 대한 기대감으로 부풀길 바랍니다.

이번 특별판의 디자인을 맡아 주신 이경민 디자이너님, 다시 한번 원고를 살펴봐 주신 이혜정 편집자님에게 감사합니다. 특별판 제작을 시작부터 끝까지 총괄하신 임수빈 퍼블리싱 매니저, 박혜신 퍼블리싱 리드에게도 감사합니다. 특별판이 나오기까지 〈칵테일, 러브, 좀비〉를 사랑해주신 독자 여러분, 마음 깊이 감사합니다.

안전가옥 스토리 PD
이은진 드림

칵테일, 러브, 좀비

지은이 조예은

기획 안전가옥
프로듀서 박혜신, 이은진
　　　　　김보희, 신지민, 이수인, 임미나
퍼블리싱 박혜신, 임수빈
편집 이혜정
디자인 이경민
일러스트 채수진
서비스디자인 김보영
비즈니스 이기훈
경영지원 홍연화

펴낸이 김홍익
펴낸곳 안전가옥
출판등록 제2018 ─ 000005호
주소 04779 서울특별시 성동구 뚝섬로1나길 5,
　　　헤이그라운드성수시작점 202호
대표전화 (02) 461─0601
전자우편 marketing@safehouse.kr
홈페이지 safehouse.kr

ISBN 979-11-93024-78-2
초판 1쇄 2024년 6월 26일 발행

조예은×안전가옥 도서 모음

오리지널01 《뉴서울파크 젤리장수 대학살》

오리지널27 《테디베어는 죽지 않아》

쇼-트02 《칵테일, 러브, 좀비》

픽픽03 《도시, 청년, 호러》수록,〈보증금 돌려받기〉

앤솔로지03 《미세먼지》수록,〈먼지의 신〉

조예은

제2회 황금가지 타임리프 공모전에서 〈오버랩
나이프, 나이프〉로 우수상을, 제4회 교보문고
스토리 공모전에서 《시프트》로 대상을 수상하며
작품 활동을 시작했다. 소설집 《칵테일, 러브,
좀비》《트로피컬 나이트》, 장편소설 《뉴서울파크
젤리장수 대학살》《스노볼 드라이브》
《테디베어는 죽지 않아》《입속 지느러미》,
연작소설 《께맨 눈의 마을》 등을 썼다.